KB130908

삿갓배미
사랑

문수봉 소설집

청어

삿갓배미 사랑

문수봉 소설집

발 행 처 · 도서출판 청어
발 행 인 · 이영철
영   업 · 이동호
기   획 · 이용희
편   집 · 방세화
디 자 인 · 이해니 | 이수빈
제작이사 · 공병한
인   쇄 · 두리터

등   록 · 1999년 5월 3일
(제1999-000063호)

1판 1쇄 인쇄 · 2019년 6월 20일
1판 1쇄 발행 · 2019년 7월 1일

주소 · 서울특별시 서초구 남부순환로 364길 8-15 동일빌딩 2층
대표전화 · 02-586-0477
팩시밀리 · 0303-0942-0478

홈페이지 · www.chungeobook.com
E-mail · ppi20@hanmail.net
ISBN · 979-11-5860-655-8(03810)

이 도서의 국립중앙도서관 출판시도서목록(CIP)은 서지정보유통지원시스템 홈페이지
(http://seoji.nl.go.kr)와 국가자료공동목록시스템(http://www.nl.go.kr/kolisnet)에서 이용
하실 수 있습니다.(CIP제어번호: CIP2019019887)

삿갓배미 사랑

문수봉 소설집

　소설을 쓴다는 것은 참으로 어려운 일이다. 세밀한 묘사(detail)와 주제의 선명성을 살려내야 문학적 가치가 있다. 하지만 쓰다 보면 그렇게 이론처럼 쉽지가 않다.

　나는 소설의 문학성보다는 인간 삶 속에 깃든 희로애락(喜怒哀樂)의 이야기를 일반 대중들이 부담 없이 읽을 수 있는 통속적인 소설을 쓰고 싶었다.

　문장이 딱딱해서 쉽게 읽히지 않는 글보다는 독자들이 즐겁게 읽어준다면 감동과 흥미를 주고 그것으로 만족할 수 있기 때문이다.

　소설은 이야기를 이야기로 풀어가는 것이라 한다.

그래서 문학성보다는 경험적 사실을 바탕으로 허구 (fiction)를 가미해서 재미있게 써 보고자 했다. 다만 수필을 닮은 소설이 마음 한구석에 아쉬움으로 남는다.

장산제에서
문수봉

| 목 차 |

작가의 말 _ 4

구름이 흐르는 산골 _ 10
탈북녀의 아픈 행복 _ 66
삿갓배미 사랑 _ 110
그리움, 이슬로 머물고 _ 150
슬픔으로 멍든 광주여 _ 176

구름이 흐르는 산골

폐허로 변한 산동네

1

    호남정맥이 흐르는 명지산 구간이다. 그 산자락에 통나무로 집을 짓고 맑은 공기와 깨끗한 지하수로 세상살이에 지친 몸과 마음을 보살피게 된 것이 어느덧 몇 개월이 지나가고 있다. 눈에 보이는 것이라고 해봐야 흘러가는 구름과 우거진 소나무 사이를 가르며 지나가는 바람뿐인 산골에 휴양을 하기 위해 마련해 놓은 휴식처이다. 갈수록 야박해지는 사회에서 자신만은 결코 불의와 타협하지 않고 정의롭게 살려고 몸부림 쳤던 정철이 아닌가. 그러니까 이곳으로 들어온 목적은 정신적인 안정을 찾아보기 위함이었다.

말 그대로 탄성이 절로 터져 나오는 깊고 아름다운 숲, 그런 산을 헐값에 얻을 수 있었다는 것은 그에겐 행운이었다. 지금으로부터 40년 전 지인으로부터 깊은 산골에 산이 있는데 그저 주다시피 싼 가격에 줄 테니 가져가지 않겠냐는 연락을 받았다. 산세는 커녕이요, 위치조차 어딘지도 모르고 덥석 잡아 놓은 산. 비유가 좀 그렇지만 단 한 번의 대면도 없이 택한 여인이 한 남자의 병든 말년을 책임져 주는 행운의 여신이 된 셈이랄까.

정작 그가 산을 찾게 된 것은 5년이 지난 후였다. 아버지가 후두암으로 생사의 갈림길에서 헤맬 때였으니 서둘러 아버지의 유택(幽宅)을 찾으려고 산의 이곳저곳을 뒤졌다. 돌아가신 후라도 편안히 쉴 수 있는 좋은 자리를 얻기 위함이었다. 그날따라 비는 보슬보슬 내리는데 비옷도 우산도 없이 온몸에 흠뻑 비를 맞으면서 골짜기를 휘감고 있는 넓은 면적의 산을 샅샅이 헤매고 다녔다. 차츰 굵어지는 빗줄기 속에서 아버지와의 애증의 세월들이 머릿속에 주마등처럼 스쳐 지나간다.

어느 추운 겨울 아침, 함박눈이 휘몰아치는 그런 꼭두새벽이었다. 초등학생 어린 나에게 주전자를 주시면서 외상술을 받아오라고 하시는 아버지가 너무나 원망스러웠다. 잠시 후 조그마한 가게 앞에서 망설이는 초라한 내 모습이라니……

아직 가게 문도 열리지 않은 집 앞에서 초조하게 문이 열리기를 기다려야 했다. 어린 마음에 부끄럽기도 하고 창피도 하고 아버지에 대한 미움이 증오와 슬픔으로 변해 깊고 깊은 상처를 주었다. 얼마만큼의 시간이 흐른 뒤 부스스 눈을 비비고 가게 문을 여는 주인아저씨를 저만치 떨어져 바라보면서 어떻게 외상술을 달라고 해야 할지 망설이고 있을 때였다.

"얘야, 아침 일찍 무슨 일로 왔냐?"

"아저씨, 우리 아버지가 외상술을 받아오라고 해서요."

"새벽부터 무슨 외상술이냐? 오늘 하루도 재수 없게 생겼구나."

주전자에 술을 받아 든 어린 가슴은 표현할 수 없는 수만 가지 생각과 울분으로 방망이질을 하고 있었다. '오늘 하루도 재수 없게'를 말하던 가게 아저씨의 얼굴을 바라보면서 미안한 마음과 아버지에 대한 미움이 뒤범벅이 되어 눈물이 하염없이 흘러내리고 있었다. 그런 세월들을 얼마나 많이 살아왔던가!

그가 다섯 살 무렵이었을까? 고향의 읍에 있는 동화루라는 제일 큰 중국 음식점이었다. 붉은 휘장에 박혀있는 커다란 금박장식, 그 한문의 위용이라니! 전체적으로 거대했다고 기억되는 실내에서 어린 그는 눈을 휘둥그레 굴렸다. 그곳에서 아버지는 시커먼 자장면을 드시고 아들에게는 하얀 우동을 시켜 주시면서 웃음 띤 얼굴로 맛있게 먹으라고 뜨거운 우동을 후후 불어 식혀 주셨다. 우동을 먹는 어린 아들을 바라보던 아버지의 흐뭇한 표정과 따스한 음성, 그것은 유일하게 남아있는 아버지의 자상한 모습이다. 언제부터인가 술에 찌들어 버린 아버지에게서 그런 인자한 모습을 찾아 볼 수 없었다.

후두암 투병 중 아버지도 당신의 그런 인생살이를 후회하고 계신다는 생각이 들었다. 암 발병 당시 아버지가 통증을 호소하시면서 병원을 처음 찾았을 때다. 의사는 본인에겐 굳이 암이라는 말을 해주지 않는 것이 환자의 심리 상태를 안정시킬 수 있다면서 비밀에 부치기를 권했다. 그러나 시간이 지나면서 이 병원, 저 병원을 전전하다보니 아버지 역시 자연스럽게 알게 될 수밖에 없었다.

자신이 암이라는 걸 절대 인정하지 않던 시기를 넘긴 대부분의 환자들이 그렇듯 아버지도 생명에 대한 애착이 강했다. 그 당시 전남대학부속병원에 암에 특별히 치료효과가 있다는 방사선 치료 센터가 생긴다는 방송보도가 있었다. 그 방송을 보시면서 이젠 나도 살 수 있겠구나, 그렇게 생각하신 것 같았다. 아버지가 꼭 받아보고 싶다는 방사선 치료 센터에서 전문의와 상담을 했다. 하지만 의사는 '방사선 치료를 받는다고 해서 반드시 환자의 상태가 좋아진다는 보장은 없다. 더구나 나이가 드신 노인들은 갑자기 상태가 나빠져 더 빨리 목숨을 잃을 수도 있으니 잘 알아서 판단하라'는 다소 냉정한 처방을 내렸다.

그때부터였던가. 그에겐 고민이 생겼다. 이렇게 해야 하나, 저렇게 해야 하나, 아버지의 몸 상태는 허약할 대로 허약했고 어렵게 방사선 치료를 받으면 위험할 것 같아 결국 치료를 포기하고 집으로 모시고 왔다. 그날부터 부자간에 본격적인 전쟁이 시작되었다.

"이놈아, 돈이 아까워 치료를 못 받게 하냐?"

"아버지, 위험하다요."

"뭐가 위험해. 죽어도 내가 죽고 살아도 내가 사

는디."

날이면 날마다 끝없이 이어지던 아버지와의 다툼, 그럴 때마다 정철의 가슴은 암에 시달리는 아버지의 통증보다 더한 아픔이 치밀었다.

이미 삭아 끊어지기 일보 직전인 생의 실오라기 일망정 갖은 수단 방법을 동원해서, 아니 효(孝)라는 이름의 기적으로 생명을 연장시켜 드릴 수만 있다면 얼마나 좋을까. 일말의 가능성도 전무하지만 아버지의 생각이 그러시다면 당신 뜻대로 해 드리리라. 다시 치료가 시작되었다.

아버지를 견딜 수 없는 고통 속으로 빠트리는 게 아닐까 하는 자책으로 겨우 버틴 일주일, 더 이상 치료는 안 된다는 의사의 말에 차라리 편히 집에서 모시는 게 낫겠다 싶어 아파트에 모셔두기 무섭게 찾아온 곳이 명지산이다. 병마에 지친 당신의 육신이 머지않아 그 고통에서 놓여나는 날 안주할 자리를 마련해 드리기 위해 찾아 온 것이다. 그런데 하필 때 맞춰 무슨 놈의 비가 그렇게 많이 내리는지. 생의 마지막 발걸음을 허위허위 내딛으며 저 먼 곳으로 돌아가실 준비를 하시는 아버지의 눈물이 아닐까. 그의 가슴은 미어지는 것 같았다.

얼마나 산길을 헤매었을까. 호남정맥 등산길에서 약간 비켜 있는 앞이 확 트인 곳이 있었다. 해가 뜨면 양지 바른 곳이 될 게 틀림없었다. 왼쪽 산줄기와 오른쪽 산줄기가 골짜기를 향해 꼬리를 내리고 있는, 마치 누군가를 향해 꾸벅 공손히 절을 하는 것처럼 생긴 지형, 바로 그곳에 아버지를 모셔야겠다는 결심을 굳혔다. 앞으로 엄니와 나, 그리고 집사람, 아들 내외까지 모두 이곳에 묻혀 오순도순 함께 살아온 삶의 추억을 되새기며 영원한 안식을 꿈꾸는 자리로 만들어야겠다는 생각을 했다. 당신이 쉴 적당한 자리를 아들이 잡아주기까지 기다리셨던가. 묏자리를 잡은 뒤 일주일이 지난 후, 아버지는 한 많은 인생살이를 접었다.

나는 아버지를 미워했지만 그 미움 속엔 사랑과

정의 끈끈함도 미움 못지않게 마음속에 자리했었는데 돌아가셨다는 사실 앞에 모든 게 끝났구나 하는 절망을 느꼈다.

미워했던 게 죄스러웠던 나는 임종만은 꼭 지켜드리고 싶었다. 그러나 그 바람까지도 빼앗아 가버린 것이다. 마음속에 임종을 지키지 못한 한(恨)이 켜켜이 쌓여 산봉우리 위로 깊이 새겨지고 있었다. 눈을 감겨드리고 몸을 씻겨드리고 수의를 입혀 드리면서 말라 버린 눈물이 왜 그렇게 원망스러웠던지! 아버지 시신을 넣기 위해 파놓은 땅속에 황토 흙을 한 삽 퍼서 관 위에 뿌리면서 사랑도, 증오도, 쓰린 마음도 땅속 깊숙이 묻었다.

임종의 기회조차 주지 않고 무엇이 그렇게 미안해서 허겁지겁 저 세상으로 가셨는지 황토 흙을 뿌리는 것이 흙비가 되어 내리고 있었다.

그렇게 사랑과 미움을 함께 했던 아버지를 허망하게 보내드린 후 애증의 세월들이 쉽게 마음속에서 지워지지 않고 있는 것은 아버지를 사랑해서였을까? 너무 미워해서였을까? 이해해 드리지 못했던 미안함 때문이었을까?

아버지가 돌아가신 얼마 후부턴 아예 명지산 산자락에 머물면서 하루해를 사르는 일상이 이어지고 있다. 아무도 없는 산골, 말을 나눌 수 있는 상대가 있어야 심심하지 않을 텐데, 마당에서 들리는 누군가의 기척에 반가워 나가보면 길 잘못 든 고라니가 뒤를 흠칫 돌아보고 숲속으로 뛰어간다. 때로는 소나무 사이를 스치며 솔방울을 떨구고 달아나는 장난기 많은 바람이 그의 하루 유일한 감정소통의 대상이었다.

오늘은 조금 멀리 떨어진 큰길가 찻집에 가서 주인과 대화를 나누면서 시간을 보내리라 마음먹었다. 수목이 풍기는 향기를 맡으며 걷는 한가한 걸음이 이내 머문 곳이 '구름속의 찻집'이다. 자연을 친구로 삼고 싶어 지은 이름이 아닐까 혼자 생각하면서 문을 열고 들어섰다. 작은 키 때문인가. 조금 뚱뚱하다 여겨질 만큼 포동포동한 몸집의 여주인이 반갑게 맞아준다. 명지산 아래 집을 짓고 살아오면서 적적하면 가끔 찾아오곤 했던 곳이기 때문에 주인아줌마의 과한 넉살이 그다지 싫지가 않았다. 팔고 있는 차라야 몇 가지에 불과하지만 정철이 가면 마시는 차는 이미 정해져 있어 주문하지 않아도 자동으로 그 차를 가져온다. '솔잎차'다. 노화방지에 특별한 효험이 있다는 순수한 우리 국산차로 배가 조금 고프다 싶으면 쑥을 버무려 만든 수제비를 곁들이면 그 맛이 일품이다.

사람 구경하기가 힘든 외딴 찻집이라서인지 구름 속의 찻집이라는 상호가 주는 낭만적인 매력과는 거리가 멀게 찻집 여주인은 한 번 이야기를 시작하면 끝이 없는 수다쟁이다. 어디서 그렇게 많은 이야기들이 뭉쳐있었는지 끝없이 이어져 나오는 실타래다. 오늘은 싸납쟁이 할매 이야기부터 시작한다. 얼마 전, 마을 앞에 납골당을 짓기 위해 석물을 싣고 자동차가 들어왔단다. 그런데 싸납쟁이 할매가 차

의 앞바퀴를 가로막고 누워서 들어가지 못하도록
훼방을 놓았다는 것이다.

"왜 그런 짓을 한다요?"

"부락에 돈 좀 주고 가라고 허것지요."

"그 사람들이 돈을 주어야 할 이유라도 있는지?"

"납골당 같은 것 만들면 마을이 안 좋다고 그런
대요."

"그렇기도 허것네요. 그래서 어떻게 되었나요? 돈
은 받았대요?"

"그럼 안 받아요? 안 내면 못 들어가요. 할 수 없
이 돈을 주고 일을 했지요."

"그 할매 어떻게 생겼는지 궁금하네요."

"무섭게 생겼지라우."

"얼마나 무섭대요."

"광대뼈가 쑥 불거져서 남자같이 생겼당께요."

그 남자같이 생긴 싸납쟁이 할매의 요즘 근황인
즉슨, 마을로 집을 짓고 들어오려고 하는 사람과
싸움이 붙어 볼만하다고 했다. 새로 집을 지으려고

하는 사람은 부처님을 모시고 싶어 스님을 대동하고 들어온, 소위 불자(佛子). 한데 둘의 성격이 자로 재면 한 치도 틀리지 않는 똑같은 사람들이라고 했다. 자신 역시 구름 속의 찻집과 전혀 딴판인 것을 모르는 찻집 여주인은 끝없이 이야기를 이어갔다.

궁금했다. 어떤 사람들이기에 이토록 한가하고 조그마한 산골 마을에서 아웅다웅 다투어야 하는가. 조금씩 양보하면서 오붓하게 살 수 없을까. 모든 것이 궁금한 것 투성이었다. 시골 사람들이란 순박해 요물단지 같은 사회에 물들지 않는 사람들로 알았던 정철의 가슴에 서늘한 바람이 훑고 지나간다.

마을 젊은이들은 모두 도시로 나가고 남아있는 사람들이라고는 늙어서 몸도 가누기 힘든 노인네들만 살아가는 이곳 산골마을이다. 어떻게 생각하면 살아있으나 죽어서 땅속에 묻혀있으나 똑같은 신세인데 그토록 싸우면서 살아야 할 이유가 무엇일까.

해가 기울며 그의 사위(四圍)에서 어둠이 자신의 무거운 마음처럼 깃들어가는 시간에야 그는 '구름속의 찻집'을 빠져나왔다. 어쨌든 오늘은 길 잃은 고라니와 소나무를 스치는 바람이 아닌, 자신과 동종(同種)인 구름속의 찻집 주인과 담화 속에서 하루 해를 넘겼으니 행운이라면 행운이었다. 이젠 어둠이 깃든 명지산 산허리 통나무집으로 돌아가야 한다. 불 밝혀두고 그를 기다려 주는 사람은 없겠지만 말이다.

자동차 한 대가 겨우 지나갈만한 산골길을 구불구불 돌아서 도착한 집, 어둠이 깔릴 무렵에 출발했는데 캄캄한 어둠속에서 산장 문을 열고 들어간다. 불을 켜자 실내에서 종일 갇혀있던 쓸쓸한 공기가 횅하고 코끝을 스친다. 서둘러 이부자리를 깔고 전등을 끄고 자리에 누워본다. 블라인드 사이로 밝은 보름달이 농담을 걸어온다.
"어이 자네 거기 왜 혼자 외롭게 누워있어?"

"달님, 내가 처량해 보이나요?"

"아니야. 그저 외롭게 보여서."

"휘영청 산장을 비추어 주는 밝은 보름달님 덕택에 나는 행복합니다. 도시에서 마시는 퀴퀴한 공기를 마시지 않아도 되고 이리저리 몰려다니는 사람들의 발자국 소리를 듣지 않아서 너무 좋아요."

"모르는 소리, 사람들이 모여 사는 곳이라야 인간의 체취를 느끼게 되는 것인데."

"아~ 그래도 저는 산골생활이 너무 좋다니까요."

보름달보다 더 먼 곳에서 반짝거리는 별이 우리들의 대화 속으로 끼어 들어왔다. 별이 하는 말이다.

"어이, 정철 씨. 그렇게 고독을 씹고 살면 좋을 것 같아도 외로워."

"별님 외로워도 괜찮아요. 저에게 조금 부족한 것이 있다면 설화에 나오는 우렁각시 하나 나타나 주었으면 그것으로 만족할 것 같애요."

"우렁각시, 그거 잊어요."

"그게 곤란하시다면 별님과 달님께서 내가 외로

울 땐 대화를 나눌 수 있도록 시간을 나누어 주세요."

언제부터 시작되었을까. 주변 사물과 대화를 나누는 습성이 배어버린 지 오래다. 그 밤도 이렇게 별님, 달님과 이야기를 나누다가 깊은 잠이 들었지만 마음만은 홀가분했다. 거칠고 몰염치한 세상에서 이곳으로 피난 온 자신이 행복하게 느껴졌기 때문이다. 내일은 미뤄둔 밭일도 하고 풀도 베고 할 일도 많겠지, 그리고 흘러가는 구름과 이런저런 이야기를 나누면서 나름대로 행복을 가꾸어 가리라. 마음속으로 다짐도 했던가.

다음날 아침, 눈을 떴을 때는 비가 내리고 있었다. 빗줄기가 굵어지더니 낙엽을 날리면서 우두둑 산장 지붕을 때리고 명지산 쪽으로 몰려가고 있다. 골짜기 아래서 운무가 풀어지며 산장을 향해서 올라오고 바람이 그 사이를 가르고 있다. 구름의 한쪽은 명지산 정상을 향해서 또 한쪽은 산장지붕 너머로 흐르듯이 지나간다. 비가 부르는 운무는 너무 아름답다. 저렇게 아름다운 운무를 타고 더 없이 행복한 세상으로 가보았으면 하는 소망이 생긴다. 그냥 서 있기만 해도 나를 품 안에 살포시 안아주고 떠나가는 운무의 행렬이 장엄하기까지 하다.

정철은 그렇게 산골짜기에서 아름다운 새들의 울음소리와 숲에서 풍겨 나오는 맑은 산소를 마음껏 들이 마시며 혼자서도 더없이 행복하다고 생각했다. 그 행복이 죽을 때까지 계속되기를 바라면서……

땅속에 묻힌 아버지를 떠올린다. 지금쯤 답답한 흙더미 속에서 아버지는 무슨 생각을 하고 계실까? 산골짜기 아래를 내려다보면서 아들이 산자락에 통나무집을 짓고 아버지에게 못 다한 사랑을 드리려고 노력하고 있는 걸 굽어보고 있는지. 인생은 그렇게 바람처럼 구름처럼 살다 어디론가 흘러가는 것을…….

2

　일어나자마자 정철은 '구름속의 찻집' 주인 이야기가 머리에 떠올랐다. 산골 마을에 살고 있다는 싸납쟁이 할매가 궁금했다. 어떻게 생긴 사람이기에 그렇게 몰염치한 행동을 일삼으며 살아가고 있을까? 모든 것이 알고 싶었다. 산장을 출발해서 마을로 가는 길에 들어서자 겨우 승용차 한 대가 다닐 수 있는 좁은 길이 나타났다. 다리를 건너고 구불구불 산길을 돌아 들어가자 납골묘가 보인다. 그곳에 석물을 싣고 들어가던 자동차 앞바퀴에 들어누워서 억지를 부리는 싸납쟁이 할매의 모습이 눈앞에 펼쳐진다.

　조상의 납골묘를 설치하려고 했던 후손들은 얼

마나 황당했을까? 아무리 시대가 바뀌었다고 해도 선대 부모님을 섬기려는 유교사상이 아직 남아있는데 시골사람들의 행태치곤 너무 야박한 것이 아닌가. 납골묘를 지나 구불구불한 산길을 더 돌아서 들어간 곳은 길이 끝나는 막장 마을이었다. 길을 따라 더 이상 들어가려고 해도 갈 수 없는 오지 마을이다.

보이는 것은 하늘에 흘러가는 하얀 구름과 가끔 귓전을 스치고 지나가는 시원한 바람뿐이었다. 어딘가에서 지저귀는 산새들의 노랫소리가 아스라이 들리는가 싶더니 이윽고 조그마한 산촌마을이 나타났다.

마을에 들어와 보니 병풍처럼 둘러싼 소나무와 대나무가 빽빽이 들어서 있고, 집들은 겨우 삼사십 평쯤 되어 보이는 땅에 모두 슬레이트로 지붕을 하고 옹기종기 모여 있다. 곧 쓰러질 듯 위험해 보이는 시골집들은 대부분 고샅길에 대문이 연결되어 있었다.

  이렇게 작은 시골마을에서 어떻게 살아갈까? 눈에 보이는 것은 모두 산뿐이고 농사를 지을 수 있는 논이나 밭들은 한 뙈기도 눈에 띄지 않았다. 통나무 산장에서 그나마 제일 가까운 마을이 이곳이기 때문에 심심하고 적적하면 가장 찾아오기 쉬웠다. 좀 더 마을을 살펴보자 조금 높은 곳에 현대식으로 집을 짓다가 중단된 건물이 보였다. 하지만 마을이라고는 하나 휑하니 인적이 없다. 사람들이 있을만한 집을 찾아본다. 그래도 울타리에 싸리문이 있는 곳이면 사람이 살고 있으리라 생각하고 대문 앞에서 집주인을 불러 보았다.

  "누구 계십니까?"

  한참을 불러도 대답이 없다. 어디로 마실을 나갔을까? 혹시 깊이 잠이라도 들었는가, 몇 번을 더 불러 보았다. 시간은 흘러가지만 아무런 대답이 없다. 마지막으로 한 번만 더 불러보고 대답이 없으면 산장으로 다시 돌아가야 할까?

"방에 누구 계십니까. 아무도 안 계세요?"

마침내 방에서 인기척이 들렸다. 사람이 움직이는 소리가 들린 것이다. 이렇게 적막한 산골에서 사람을 만날 수 있다는 것이 반가웠다.

"누구시오?"

목소리가 걸걸한 할머니가 방에서 나왔다. 저 여자가 그렇게 사납다는 할매인가 궁금했다. 얼굴은 육십 대 후반쯤 되어 보인 전체적인 인상이 그렇게 호감이 가는 얼굴은 아닌 초로의 노파였다.

"어디서 오셨소."

그녀는 다짜고짜 어디서 왔느냐고 묻는다.

"예. 저는 명지산 아래 통나무 산장을 짓고 몇 달 전에 그곳으로 거처를 옮긴 정철이라는 사람입니다."

"아, 그래요. 말은 들었습니다. 그런디 이렇게 첩첩 산골로 뭣 하러 들어왔오? 사는 것이 깝깝한디."

"건강이 좋지 않아서 맑은 공기 깨끗한 물을 먹으려고 휴양 차 내려와 있습니다."

"여기는 공기는 맑고 좋지라우. 근디 심심해서 못 살아유."

그녀와 대화중에도 산골 마을 입구 찻집 주인의 말이 자꾸 머릿속을 맴돌고 있다. 그렇게 나쁜 사람도 아닌 것 같은데 왜 싸납쟁이 할매가 되어 버렸는지 이해할 수가 없었다.

첫날은 그렇게 상견례를 한다는 생각으로 몇 마디 주고받았는데 산장으로 되돌아 나오려고 하는 순간 갑자기 그의 발걸음을 붙잡으며 이런 당부를 하는 것이 아닌가.

"이름이 정철이라고 했소?"

"네. 저의 이름입니다."

"심심하면 자주 놀러와요. 마을 사람이라야 나이 먹은 영감, 할멈 네 사람이 살고 있어 적적하당께."

"알겠습니다. 저도 혼자 있으니까 자주 올게요."

그날은 이렇게 간단한 인사말을 하고 마을이 어

떻게 생겼는지 알아보는 것으로 만족해야 했다.

　이후로도 정철의 산골 생활은 너무나 한가하고 정신적으로 편안한 생활이 계속되었다. 심심하다 싶으면 아버지를 모신 묘에 올라가 골짜기 아래를 내려다보면서 지친 육신을 추스르기도 하고 호남정맥 명지산 구간을 아름답게 가꾸기 위해 등산길을 막고 있는 가시덤불을 치우기도 하면서 이곳을 지키는 든든한 지킴이가 되겠다고 마음속으로 다짐하곤 했다. 햇볕이 뜨거운 어느 여름날, 정철은 산골 마을이 어떤 곳인지 좀 더 구체적으로 알고 싶었다. 도대체 저렇게 깊은 산골에 언제부터 마을이 형성되었는지 궁금했다.

　산장에서 출발하여 쉬엄쉬엄 구불구불한 산골길을 걸어서 찾아간 마을, 이렇게 더운 날인데 집에 사람들이 있을까? 의구심을 갖고 불러 보았다. 아무리 소리쳐도 대답이 없다. 이 마을 사람들은 한두 번 불러서는 인기척을 하지 않고 방문자가 누군지 숨어서 살피는 것일까, 아니면 깊은 낮잠에 빠져 있을 것이라는 생각도 들었다.

"여기 아무도 없소."

불러 보고 또 불러 보기를 여러 차례, 그렇게 더운 방에서 문도 열지 않고 무엇을 하고 있을까? 혹 영감 할멈이 부둥켜안고? 이어지는 야릇한 상상에 정철은 지레 낯빛이 붉어졌다.

어쨌든 꽤 시간이 흐른 후에야 방문이 빠끔히 열리면서 싸납쟁이 할매가 잠에 취한 목소리로 대답한다.

"누구시오?"

"예. 저번에 왔었던 명지산자락 통나무 산장 정철이라는 사람이요."

"아, 그래요. 누추하지만 쪼까 안으로 들어오실라우."

차마 거절치 못하고 들어선 방에서는 퀴퀴한 곰팡이 냄새가 나면서 영감이 이불을 덮고 누워있었다. 이 더위에 무엇을 했기에 아직 이불을 치우지도 않고 있을까. 잠에서 깨어나지 못하고 여전히 비몽사몽간을 헤매고 있는 것 같았다.

"그동안 잘 계셨는지요?"

"예. 잘 지냈지라우."

"저도 이제 이곳 마을 주민입니다. 제 산장에서 그래도 제일 가까운 곳이니까요."

정철이 자신도 산골 마을 주민이라고 말하니까 싸납쟁이 할매가 기분이 좋아진 것 같았다. 그녀는 정철이 묻기도 전에 이 마을에 대하여 이야기를 시작했다. 현재 주민은 영감, 할멈만 살고 있는 두 집이 있고 3년 전 마을 뒷집 영감이 혼자 살았는데 시름시름 아프다가 죽어서 바로 뒷산에 안장했다는 것이었다.

자기 영감인 용산양반은 이 마을에서 태어나 지금까지 살고 있는 토박이라는 것과 자기는 열일곱 살에 이렇게 험한 산골 마을로 시집와서 평생을 살고 있는 용산댁이라 소개했다. 그리고 또 바로 이

윗집의 영감은 앞을 못 보는 장님이고, 저 산 너머 전라북도 순창군 복흥면 지선부락에서 살다가 이곳으로와 지선영감이라고 부른다며 입가에 거품까지 흘리면서 열심히 마을사람들에 대한 이야기를 들려주었다. 지선 영감의 부인은 지선댁으로 건강이 좋지 않아서 마을에 언제 초상이 날지 모르는 상태라고 하였다. 자기가 이 마을의 이장 일을 보니까 앞으로 협조도 해주고 마을을 위해 도와줄 일 있으면 열심히 도와주기도 하면서 이 산골 마을에서 오순도순 살아보는 것도 좋지 않겠느냐고 정겨운 말투를 이어갔다.

정철은 그녀가 싫지 않았다. 싸납쟁이 할매라는 말에 첫인상이 좋은 것은 아니었지만 오늘처럼 속 깊은 말을 해주니 정다운 이웃처럼 느껴졌다. 앞으로 종종 놀러 오겠다는 말을 남기고 명지산 허리, 산장으로 돌아오면서 인간의 본성은 본디 순백의 종이처럼 선한 사람으로 태어난다는, 이른바 성선설(性善說)을 확인하는 계기가 되었다.

정철은 자신이 앞으로 시간만 있으면 산골 마을을 찾아 좋은 이야기도 들어가면서 시골 사람들과 정을 주고받으며 지내야겠다는 생각을 해본다.

산 속 생활이란 무료하기도 하지만 공기가 맑다는 것, 깨끗한 물이 있고 숲속을 스치는 바람소리와 하늘을 두둥실 떠다니는 구름이 손에 잡힐 것 같이 아름다운 자연과 가까워질 수 있어 더없이 좋았다. 그런 느낌들로 정신적인 공허함을 메워 나갈 수 있기 때문에 한산함, 심심함, 더 나아가 고독함까지 능히 이길 수 있는 것 같았다. 하지만 그 자신감도 잠시요, 사람들이 북적대며 살아가는 도회의 그리움이 파도처럼 밀려오는 때가 있다.

드높은 파고로 밀려드는 사람에 대한 외로움을 달래기 위해서 자주 찾아야 할 곳이 겨우 네 사람이 살아가는 이 산골 마을인 것이다. 그나마 말을 주고받을 수 있는 사람은 싸납쟁이 할매 용산댁밖에 없었다. 또 며칠이 지난 뒤 심심하고 외로운 마음에 용산댁을 찾았다. 그녀는 좁은 마당에서 무엇인가를 부지런히 하고 있었다.

"용산댁, 무엇하고 있소."

"내 취미는 화분 가꾸는 것인게 이거 하고 있제."

"좋은 취미 갖고 있네요."

"마땅히 할 일이 있어야제."

"그나저나 이렇게 외딴 산골에서 살면 도둑놈들이 들어올까 무섭지 않소?"

"이렇게 외진 곳은 도둑놈 지가 무서워서 못 온당게."

자꾸 만나보니까 싸납쟁이 할매는 반말 비슷하게 말을 놓을 때가 많아졌다.

"오늘은 재미있는 이야기 없소."

"내가 이야기 할 줄 알간디."

"그래도 이장할려면 마을 유래라도 알고 있어야제."

정철도 반말 비슷하게 대꾸하며 싸납쟁이 할매를 이야기 속으로 끌고 들어갔다.

산골 마을은 먼 옛날에는 삼십 호 정도가 살았던 제법 큰 마을이었다. 그런데 6·25전쟁 때 공비들이 마을을 불태워 버려서 몽땅 없어졌는데, 그 뒤 고향 사람들이 하나둘 집을 짓고 들어와 살기 시작한 뒤 한때는 십팔 호가 살았다고 한다. 깊은 산골이지만 이웃끼리 화목하게 지냈던 마을이었는데 젊은 사람들이 하나둘 도시로 나가고 지금은 다 늙어 빠진 영감, 할멈들만 죽지 못해 이렇게 살고 있다고 하소연을 했다.

"옛날에는 제법 큰 마을이었고만요."

"이장님 하느라고 고생도 하겠습니다."

"이장이라고 할 일이나 있간디. 그저 심부름만 하고 살제."

정철은 이렇게 대화의 물고를 트는 시도(試圖) 또한 사람들이 살아가는 데 꼭 있어야 할 의사소통의 한 방법이라고 생각했다. 용산댁은 나이가 비슷하다는 것을 알면서부터 자꾸 말꼬리가 잘려나가고 반말이 튀어 나왔다. 그래도 산골 마을에서 이런 말이나마 주고받을 수 있는 대상이 있다는 것이 즐거움이기도 했기 때문이다.

어느덧 계절이 바뀌어 가고 있었다. 그렇게 무덥던 여름이 지나고 오색 낙엽이 장막으로 아름답게 물들어 가고 있었다. 가을하늘은 더 높아 갔고 농사지을 땅이 없는 이곳은 산열매를 따고 줍는 것으로 만족해야 했다. 땅에 떨어진 밤을 줍고 잘 익은 홍시를 따서 소쿠리에 간직하고 꾸지뽕이나 돌배를 따서 술을 담는 일 말고는 할 일이 없었다. 곧 겨울이 올 텐데 추운 겨울엔 이런 산골 마을에서 무엇을 하면서 기나긴 하루해를 보내야 할까? 이곳 마을의 겨울은 긴 침묵에 들어간다. 눈이 엄청 쏟아지면 길이 막혀 군청에서 눈을 치울 때까진 꼼짝을 못하고 집안에 갇혀 있어야 하는 두 노인네가 무엇을 하고 하루해를 보낼까 그것도 궁금했다.

어느 눈 내리는 겨울날, 용산댁을 찾아갔다. 마

음이 한가롭거나 적적해서 사람들이 그리워지면 버릇처럼 찾아가는 곳이 산골 마을이 되고 만 것이다. 오늘도 재미있는 이야기를 해 달라고 졸라볼 심산으로 찾아갔는데 용산댁이 보이지 않았다. 안방에도 마당에도 옆집에도 아무 곳에도 없었다. 폭설이 이렇게 앞을 보지 못할 정도로 내리는데 그들은 어디로 갔을까? 궁금하고 불안했다. 한참을 기다리고 있는데 뒷산에서 하얀 눈을 흠뻑 맞아가며 늙은 육신을 서로 의지하면서 마당으로 들어서고 있었다.

"어디 갔다 오시오."

"우리 죽으면 들어갈 자리 있는가 보고 오요."

"왜 하필 눈이 이렇게 많이 오는 날."

정철은 말꼬리를 흐리고 말았다. 더 묻고 싶지가 않았던 것이다. 죽으면 갈 곳이라는데 더 물어서 무엇 할까? 가슴이 뭉클했다. 용산댁은 몸이 불편한 영감 허리를 꽉 껴안은 상태에서 피식 웃음을 흘리고 있었다.

여전히 겨울눈이 산장 골짜기를 덮고 있었는데 계절은 어느새 봄으로 접어들고 있었다. 가끔 훈풍이 불어오고 새싹들이 땅속에서 삐죽이 얼굴을 내밀고 세상 밖으로 나오려고 기지개를 켜고 있는 모습이 좋았다. 산골 마을에도 어김없이 봄은 오겠지. 싸납쟁이 할매 내외도 늙은 육신에 긴 겨울밤을 어떻게 지냈는지 궁금했다. 오랜 만에 정철은 산골 마을 용산댁을 찾아갔다. 그래도 알콩달콩 영감 내외는 잘 지내고 있겠지. 아니나 다를까. 따뜻한 양지 바른쪽에서 봄볕을 쬐고 있던 용산댁이 반갑게 맞아준다.

"그동안 잘 지내셨소."

"잘 있었지라우."

"용산양반은 어디 갔어요?"

"방에 있는디 영감탱이 재미도 없수."

"무슨 재미가 있어야 한다요."

"그래도 이 짧은 세상 재미있게 살아야지요."

무언가 영감에게 불만이 있는 것 같았다. 저렇게

늙어버린 나이에 무슨 불만이 있어 그런 말을 하는지 알고 싶어 진한 농담을 던졌다.

"왜 영감님이 할 일을 안 해주는가요."

"말도 마쇼. 저 놈의 영감탱이 손으로 그 짓만 한당께 먼 재민가 몰라."

"손으로 무슨 짓을 하는디 그러요?"

"손으로 하는 것이 먼지도 모르요? 씹도 못하는 씹헐 놈의 영감탱이, 하는 짓거리가 추접해 죽것당께."

용산댁 말에 의하면 잠자리에서 운동이라도 한번 하고 싶어 엉덩이를 들이밀면 벽만 쳐다보다가 그 짓을 한다고 했다. 한번은 늙은 할멈이 싫어서 그런가 생각하고 아직 젊은 각시를 방에 넣어 시중을 들게 했으나 그것도 못한 병신 영감탱이라고 핀잔을 주었다면서 영감과의 나이 차이가 열두 살이라 힘이 없어 못하는 것이 아닌가 생각도 해 보았지만 아무리 머리를 굴려 봐도 알 수가 없다고 했다.

"그래도 아들딸은 여섯이나 낳았다면서 그때는

어떻게 하셨소."

"젊었을 때는 뭣인지도 모르고 배부르면 낳고 했
제. 그런디 이제 쬐금 알다 싶은 게 저 영감탱이 혼
자 지랄 아니요."

'혼자 지랄'이라는 싸납쟁이 할매의 말끝에 불현
듯 정철의 뒷덜미가 붉어지며 책에서 읽은 한 삽화
가 스쳤다.

방치된 하수관에서 육신을 눕히며 말 그대로 조
의조식(粗衣粗食)하던 디오게네스에게도 하루 세 끼
의 식욕 못지않게 괴롭히던 게 성욕이었던가. 대로
(大路)에서 벌건 대낮인데도 불구하고 수음(手淫)을
일삼았다. 쏟아지는 사람들의 눈총과 손가락질에,

"그저 가죽만 몇 차례 문질러주면 되니 얼마나
쉬운 해결책이냐. 배고픔도 이것처럼 뱃가죽을 몇
차례 문질러주는 것으로 달랠 수 있다면 얼마나
좋을까?" 했다던가.

정철은 눈을 감고 조용히 생각해 보았다. 인간의
기본적인 욕망인 성욕 또한 이렇게 산골 마을 늙은

이에게도 없어서는 안 될 꼭 필요한 인간의 욕구라는 것을.

　모처럼의 일요일, 따가운 봄 햇살을 맞으며 싸납쟁이 할매, 그러니까 용산댁이 한껏 차려입고 구불구불한 산길을 돌아 어딘가로 가고 있다. 산골 마을은 너무 심심하고 적적해서 다른 마을로 놀러가겠지 생각했다.

　"용산댁, 어디 가시는 거요?"

　"오늘 산악회에서 등산 가요."

　"즐겁게 놀다 오겠네요."

　"그런 데라도 다녀야제. 산골에서 무슨 재미로 살것소."

　"산악회가면 좋은 일이라도 있다요."

　"있고말고요. 맥주도 한잔 하고 노래도 목청 떨어져라 해보고 가끔 남자친구도 생기고 거기 다니는 것이 재미있어요."

　"그럼 애인이라도 생기면 좋겠네요."

　"그러제. 영감탱이는 쓸모도 없응께 집에서 나둥

그러져 뒤지든지 말든지 지가 알아서 할 것이고."

용산댁은 그녀가 살아가는 재미는 한 달에 두어 번 산악회를 따라 다니면서 등산도 하고 술도 마시고 때로는 남자들의 손도 잡아보는 것이 구차한 현실을 헤쳐 가는 낙이라고 했다. 이제 아이들도 자기 살길 찾아가고 곁에는 오직 나이 많은 영감이 있을 뿐인데, 그 짓 한번 해보고 싶어도 마음대로 되지 않는 현실이 너무 아쉽게 느껴지는 것 같았다.

이러저러 정철의 무료한 산장 생활은 계속되었다.

3

갈수록 정철에게 산속 생활이 지겹게 느껴졌다. 끝없이 이어질 외로움과 고독을 어떻게 참고 이토록 호젓한 산속생활을 계속해 나가야 할지. 도무지 자신도 알 수 없었다. 그것은 자신과의 싸움이라고 느끼고 있었다.

주위에 흩어져 있는 소나무와 낙엽송들을 칭칭 감고 올라가는 칡넝쿨을 바라보면서 그것을 행복으로 생각하며 외로움을 달래야 했다. 가끔 나무 울타리를 타고 곡예를 하는 다람쥐와 무언의 대화를 나눌 수 있는 자연과의 소통방법을 알아야 된다는 것도 어쩌면 정철이 풀어야 할 숙제인 것이다.

변함없이 해는 동쪽 산 위로 떠올라 하늘의 중심을 가로질러 서쪽 산마루로 지는데 하루 종일 무슨 일을 하고, 무슨 생각을 했는지 아무것도 머릿속에 떠오르지 않았다. 내내 잠잠하다가 울컥 치미는 욕지기처럼 사람에 대한 그리움이 밀려올 때면 또 다시 허둥지둥 산길을 나서게 된다. 내일은 오랜만에 산골 마을에 내려가서 하다못해 싸납쟁이 용산댁과 군내 나는 입을 헹구어야지 생각을 하면서 또 다시 별님과 대화를 하다가 잠이 들었다.

그런데 다음날, 산골 마을에서 큰 사건이 있었다. 스님을 앞세워 집을 지으려던 보살과 용산댁 사이에 집 앞 감나무를 놓고 싸움이 벌어진 것이다. 감나무 한 그루가 용산댁이 짓고 있는 밭과 보살이 짓는 집터에 걸쳐있어 서로 자기 것이라고 우기면서 감을 따가지 못하게 한 것이 싸움의 발단이었다. 이 조그마한 산골에서 조금씩 양보하고 이해했으면 될 일을 가지고 머리통 터져라 죽기 아니면

살기로 한판 붙어 버린 것이다. 용산댁이나 보살이
나 비슷한 성격의 소유자들이 만났으니 기차 화통
소리가 나지 않을 리가 없었다. 게다가 보살은 집을
지으면서 자재비나 인건비를 주지 않고 사람들의
속을 많이 상하게 해서 산골 마을 두 노인네 집과
공사를 맡았던 인부들에게 이미 나쁜 사람으로 낙
인이 찍혀 버린 상황이었다.

정철이 그곳에 갔을 때에는 싸움이 끝나고 보살
이 자리를 피한 후였다. 하긴 조정할 한 치 틈바구
니도 없는 분쟁이 아닌가. 용산댁은 정철을 보자
제 풀에 못 이겨 다짜고짜 하소연을 먼저 했다.
"저 집 짓는 보살 아주 나쁜 년이여."
"왜 그런데요?"
"들어온 돌이 박힌 돌 빼라고 한당께."
"보살이 들어온 돌이요?"
"그라제. 우리는 이 마을에서 뼈가 굵은 사람들
인데 저 잡년 보살은 이제 집을 짓는다고 들어와

갔고 지 맴대로 할라고 지랄이여."

"무슨 문제가 있는가요?"

"우리 집 밭에 있는 감나무가 저년 집터에 있다고 감을 따지 말라고 그래요. 저 개 같은 년이."

"그래서 어떻게 하기로 했소?"

"어떻게 하기는요. 측량하는 사람 불러다가 어느 땅에 있는지 알아봐야제."

"돈이 들어갈 텐데요."

"그래도 경계를 알아야 할 것 아니요."

그 말은 맞다. 무슨 일이나 경계가 분명하면 서로 다툴 일이 없을 것이다. 이 조그마한 산골 마을에서 감나무 한 그루 때문에 시끌벅적 하늘이 떠나가라 땅이 꺼져라, 한바탕 난리가 난 것이다. 용산댁이나 보살이 한 치도 양보를 할 사람들이 아닌 것 같았다. 세상을 살아가면서 조금씩 이해하면 항상 좋은 결과가 올 것인데 조금의 양보도 할 줄 모르는 피차일반의 성품이 문제였다.

며칠 후, 다시 용산댁을 찾았다. 경계를 알려고 측량을 해보니까 하필 경계에 나무가 서 있어 판결을 내릴 수가 없었다고 한다. 그래서 문제의 해결을 위해 용산댁이 경찰서에 갔다고 했다. 자기가 어렸을 때 심었는데 왜 보살 년이 자기 것이라고 하는지 모르겠다면서 법적으로 해보겠다고 나갔다는 것이다. 여타 산골 마을의 순박한 사람들이었다면 적당히 타협하고 이해하고 양보하면 될 일, 그런데 한 치 양보 없는 앙숙이 되어 서로 부딪치고 물러설 줄 모르는 상황이 안타까웠다.

　그로부터 여러 날이 흘러갔다. 집은 계속 짓고 있을까 또 다른 문제는 생기지 않았을까? 산골 마을의 경계분쟁이 어떻게 끝이 났는지 알고 싶었다. 그날따라 용산댁은 기분이 좋아 보였다.

　"오늘은 기분이 좋으신 것 같네요."

　"기분 최고로 좋아요. 저 잡년 보살을 내가 이겼응께."

　"어떻게 이겼어요."

"경찰서에 간께 나무가 경계에 서 있으면 심은 사람이 주인이라고 안 그래요. 내가 시집와서 심었응께 우리 집 것이제."

"보살이 인정했나요."

"저년이 인정 안 허면 어쩔 거요. 경찰서에서 그렇게 이야기 했는디."

"축하드리요. 감나무 한 그루 얻은 것."

"그뿐인지 아시오. 내가 저년 허가 얻어서 집 짓는가 군청에 가서 알아봤더니 허가도 안 받고 짓더라고요. 고발해서 못 짓게 해 버렸제."

"속이 시원하시것소."

"시원하다 뿐이것소. 저런 잡년 보살 같은 것들은 어디 가서 뒈져 버려야제. 어디서 굴러 들어온 돌이 박힌 돌 뺄라고."

싸납쟁이 할매는 싸움에서 이겼다는 승리감에 취해 마음이 한껏 부풀어 있었다.

"그럼 저 집은 못 짓게 되겠네요."

"허가 받으면 짓지만 허가가 안 된다고 그럽디다."

"왜 허가가 안 된다요."

"땅이 서류가 잘못 되어갔고 보살 년이 지으면 허가가 안 된다고 그러던디."

크고 작은 사건들이 이어지는 가운데 세월은 또 빠르게 지나가고 산골 마을 위로 흐르는 뭉게구름도 변함없이 흘러가고 있다. 어차피 인생도 그렇게 잡다한 일상생활 속에서 흐르지 않겠는가. 세월은 나이 속도로 간다더니 망 칠십의 시간은 재빠르게 지나가고 있었다.

봄인가 싶더니 어느덧 명지산에도 단풍이 들고 푸짐한 산열매들이 나무에 매달리기 시작했다. 요즘음 사람들의 몸에 좋다는 꾸찌뽕은 새빨간 모습으로 주렁주렁 매달려 있고 산밤나무에서 떨어진 쥐밤들은 땅에 떨어지기가 무섭게 다람쥐들의 겨울양식으로 그들의 굴속에 차곡차곡 저장해둔다. 쥐밤뿐만 아니라 도토리도 다람쥐의 겨울양식이 된다. 줄기를 타고 나무 꼭대기까지 기어 올라가서 푸짐하게 많이 열리는 으름은 가을의 싸늘한 바람이 불어오면 둥근 몸채를 쫙 벌려 하얀 속살을 드러내지만 까치나 산새들의 먹잇감으로 변한다.

여기저기 흩어져 빨갛게 익어가는 산감들은 사람들에게 귀한 홍시를 제공하지만 너무 깊은 산골이라 지나가는 등산객들의 손길조차 미치지 않아 하얀 눈이 쏟아지는 한겨울까지 가지 위에서 빨간 얼음(雪柿)으로 변하여 일생을 마치기도 하고 산새들의 먹이가 되어주기도 한다. 이렇게 산이 제공하는 푸짐한 양식들이 많이 있음에도 사람들은 자연의 고마움을 깨닫지 못하고 살아가는 것이 안타깝다.

머지않아 북풍이 몰아치는 겨울이 올 것이다. 겨울이 오면 산장은 하얀 눈으로 뒤덮여 움직이지 못한다. 골짜기를 따라 눈보라가 올라오면서 눈 폭풍을 맞기 때문이다. 하긴 딱히 갈 곳도 없지만 통나무 산장의 몇 평 공간이 정철의 모든 것을 통제하고 발을 묶는 현실이 가혹한 계절이다. 다만 눈 내리는 날 하얀 숫눈길 위에 발자국을 남기며 선친의 묘소를 찾는 것도 운치의 묘미가 있다는 게 다행이라면 다행이다. 아무도 오지 않는 산길을 터벅터벅 걸어 올라가면 거기 돌아가신 아버지가 누워계시고 서로 마음속의 대화를 나눌 수 있기 때문이다.

"아버지, 오늘은 뭐 하셨소?"

"술 먹고 싶은디 없어서 못 먹었다."

"내일은 소주하고 안주 가져올게요."

"그래야 아들이지."

"언제나 편안하게 잘 계십시오. 아들이 바로 밑에서 살고 있응께 즐거운 마음으로 하루하루 지내세요."

"알았다. 이제 너도 늙어서 죽게 되면 이곳으로 와라. 부자간에 같이 즐겁게 오순도순 살면 되겠제."

"알았어요. 이제 술은 쬐끔씩만 드세요."

이렇게 고인이 된 아버지와 무언(無言)의 대화를 나누면서 살아계실 때 못했던 부자간에 정담을 주고받으며 외로움을 달래야했다.

깊은 산골의 품에 머물러서만이 아니다. 정철은 언제나 자연이 고마웠다. 자연은 인간에게 많은 혜택을 주기도 하지만 무엇보다 거짓을 말할 줄 모른다. 봄이 되면 어김없이 꽃을 피우고, 여름에는 무성한 숲을 이룬다. 혹독한 여름을 잘 견뎌낸 가을에는 온갖 푸짐한 열매들로 인간들에게 기쁨과 행복을 준다. 겨울이 되면 하얀 눈을 마음껏 뿌려 간혹 소나무 가지도 부러뜨리지만 겨울 특유의 검박한 정취를 사람들에게 선물로 주지 않던가.

명지산 자락의 산골 마을도 하얀 눈이 흩날리는 겨울로 접어들었다. 이제 내년 봄이 돌아올 때까지 아궁이에 뜨끈뜨끈 불을 지피고 고구마를 구워먹으면서 한겨울을 보내야 할 것이다. 용산댁은 할 일이 없다. 춥고 바람 부는 날 남자친구를 만나 술한잔 걸치고 잘 할 줄도 모르는 노래를 흥얼거리던 산악회도 날 뛰던 개구리 동면에 들어가듯, 겨울철에는 쉬기 때문이다. 보살이 짓던 집도 못 짓게 해

놓아서 심심풀이용 싸움을 걸어볼 사람마저 없다.

해가 바뀐 1월 어느 날, 산촌마을에 불행한 일이 생겼다. 앞을 보지 못하는 지선 양반이 지병으로 세상을 뜬 것이다. 노인만 넷인 마을에서 유독 그 양반이 고생만 하다가 눈이 휘몰아치는 날 죽고 말았다. 초상을 어떻게 치러야 할지 엄두가 나지 않았다. 우선 서울에 있는 자식들에게 알려야 한다면서 싸납쟁이 용산댁이 침울한 목소리로 전화를 했다. 아무리 눈이 많이 와도 이장으로서 할 일은 해야 하기 때문이다.

다행히 연락을 받고 자식들이 달려온 덕택에 초상을 치르는 데 별다른 어려움은 없었다. 무엇보다 정철을 놀라게 한 건 지선 양반의 장례식에서 보인 산골사람들의 협동이었다. 싸납쟁이 할매는 이장으로서 그녀의 투철한 책임을 완수하느라 이웃마을 사람들을 한 사람도 빠짐없이 불렀다. 재래식 부엌에서 제 자식들 간섭하듯 이것저것 자질구레한 지시를 하는 구름속의 찻집주인도 정철의 눈엔 정겹고 고맙게 느껴졌다. 안주인이라도 되는 양 지선 양반의 장례 절차의 모든 것을 솔선수범하는 싸납쟁이 할매의 당당한 모습도 보기에 흐뭇했다.

방 안 곳곳에 방취용 향을 피우는 이웃마을 사람들의 손길은 능숙했고 든든했다. 어쨌든 수순에 따라 수의를 갈아입히고 관을 사다가 시신을 넣어서 마을 바로 뒤 산자락에 안장하면서 장례는 끝이 났다.

일생을 같이 살아온 부부가 죽으면서 약속이나 했을까. 유난히 사이좋은 부부는 누가 먼저 죽든지 바로 뒤따라가기 십상이더라고 양주(兩主) 금실이야 알 수 없지만 지선 양반이 가신 지 일주일 후, 이번에는 지선 댁이 시름시름 앓다가 죽고 말았다. 어차피 인생은 그렇게 허무하게 이 세상을 떠날 수밖에 없다. 조금 오래 산다고 행복할까 아니면 짧은 인생을 살다가 죽었다고 불행한 사람이라고 말할 수 있을까. 인생은 어차피 한 번은 가야 하는 길, 부부가 같은 날 죽을 수는 없지만 어느 한쪽이 먼저 가면 바로 뒤를 따라서 죽을 수 있다는 것도 행복이 아닐까. 이제 마을에 남은 사람은 용산양반과 용산댁 두 사람만이 덩그렇게 남아 산골에서 외로움과 싸워야 할 것 같았다. 이렇게 살던 사람들이 하나, 둘 죽어가고 젊은 사람들이 귀촌하지 않는다면 얼마 지나지 않아 산골 마을은 종적도 없이 사라질 것이다.

구름속의 찻집주인과 싸납쟁이 할매와 몇 번을 더 어울렸을까. 그 사이 정철의 산속 생활도 일 년이 훌쩍 지나갔다. 겨울이 가면 봄이 오고 금방 여름 속으로 빠져든다. 푸르디푸른 숲들이 색동옷으로 갈아입기 시작하면 가을이 되고 낙엽이 떨어지면 하얀 눈이 숲속을 덮는다. 이렇게 사계절이 뒤바뀌기를 또 두어 번 했을까 어느 따뜻한 봄날, 용산댁을 찾아갔다. 그날따라 양철 대문이 닫혀 있고 인기척이 없었다. 어디로 간 것일까 소식이 궁금했다. 한참을 대문 앞에서 기다리고 있는데 119구급차가 좁은 마을길로 사이렌을 울리면서 들어서고 있었다. 구급차에서 내리는 용산댁은 수심에 가득 찬 얼굴을 하고 방으로 들어갔다. 용산양반에게 필시 안 좋은 일이 생긴 것 같았다.

잠시 뒤 이불을 뒤집어씌운 늙은 영감이 구급차에 실려지고 곧 사이렌 소리를 울리면서 산골 마을을 뒤로 하고 병원으로 이송되어 갔다. 상당히 위독한 상태라는 것을 직감했다. 아흔세 살이 넘었으니까 이제 저 세상으로 갈 때도 되었다는 느낌이 들었지만 그래도 인간이란 늙으면 늙을수록 생명에 대한 애착을 느낀다던가.

정철은 부디 영감님이 쾌유하시기를 빌며 산장으로 돌아왔다. 그날따라 왠지 누군가와 대화를 나누고 싶었다.

"푸른 소나무야. 넌 언제나 푸른데 왜 인간은 때

가 되면 이 세상을 하직해야 되는지 대답해 보렴."

"정철 씨, 우리 소나무들도 언젠가는 자연에게 몸뚱이를 내주고 사라진다오. 그것이 자연의 섭리라는 것을 모르시나요."

"그렇지. 소나무도 인간도 때가 되면 모두 이별해야 되는 것이 바로 자연의 철칙이지."

쓸쓸하고 적적한 마음은 그대로 두고 다시 외로움과 싸워야 한다. 아니 싸움의 단계를 뛰어넘어 고독을 즐겨야 하는데 정철의 마음이 그것을 받아들이지 못할 때도 있다. 외로움을 피하지 못하면 이겨내는 방법을 생각해야 했다.

그로부터 또 며칠이 흘러간 뒤, 정철은 산골 마을을 찾았다. 병원으로 실려 간 용산양반의 생사가 궁금했기 때문이다.

"방에 누구 계십니까?"

"누구시오."

"나 정철이요. 산장에 사는."

방문이 지그시 열리며 용산댁이 얼굴을 내밀었

다. 얼굴은 초췌하고 눈물을 많이 흘렸는지 눈두덩이 약간 부어있었다. 정철은 순간 영감님이 돌아가신 것 같은 느낌이 들었다.

"영감님은 괜찮으신 거요?"

"병원에 실려 가던 날 돌아가셨소."

"그렇게 갑자기 돌아가시다니 정말 안됐습니다그려."

"영감탱이가 이 험한 산골에다 나만 혼자 냉겨두고 가버렸당께요."

"어떻게 위로의 말을 해야 할지."

"위로는 무슨 위로요. 갈 때가 되어 갔는디."

"그래도 오랫동안 살을 맞대고 살았는디 생각이 안 나것소. 밤마다 생각이 나것제."

"그렇긴 허요. 꿈속에 나타나고 혼자 있응께 무섭기도 하고."

"앞으로 혼자 살려면 외로워서 살기 힘들겠네요."

"그런게 말이요. 면장이 혼자 살기 어려우면 면

구름이 흐르는 산골 61

소재지로 내려와 살라고 허긴 해요."

"그럼 그곳에 집을 얻든지 해야 할 것 아니요."

"어떻게 해야 할지 나도 모르것소."

정철은 산골 마을에서 혼자 살아가야 할 용산댁
이 애처롭게 생각되었다. 그리고 머지않아 그녀가
산골 마을을 떠날 때 느낄 허무함 같은 것을 상상
해 보았다.

이제 어둡고 적막한 좁은 산길을 혼자 걸어가야
할 용산댁이다. 다리에는 힘이 빠져 늙은 육신을
겨우 지탱하면서 구불구불한 산길을 혼자서 외롭
게 걸어갈 것이다. 새로운 보금자리를 찾아 면 소재
지 빈집으로 들어가기 위해서 터벅터벅 눈물을 흘
리면서 산골 마을을 떠나겠지. 이제 마지막 남은
한 사람, 그녀마저 이곳을 떠나면 머지않아 마을은
폐허가 될 것이다. 집집마다 무성한 풀들이 자라고
산길도 칡넝쿨이나 잡초들로 모두 덮여 사람들이
다닐 수 없게 되면서 산골 마을은 영원히 자연속의

무덤으로 변하지 않을까.

생각이 딱 여기까지 이르자 정철의 가슴은 또 다시 답답해졌다. 그래도 산골 마을에 늙은이들이 네 사람이나 살고 있을 때가 좋았던 것 같았다. 이제 산장 하늘에 떠 있는 하얀 뭉게구름과 소나무 사이를 휘~익 지나치는 바람소리, 숲속을 즐겁게 뛰어노는 고라니와 멧돼지, 밤하늘의 밝은 보름달과 별들만이 정철의 주위에서 외로움을 달래 줄 것인가. 이어지는 서글픈 생각을 떨구지 못하며 걷고 있는 산길. 때 아닌 사람의 인기척에 놀라 돌아보았다.

어렴풋이 보이지만 정체만은 확실한 산골마을의 세 여자다. 뚱뚱한 체구의 구름속의 찻집, 구부정하게 허리 굽은 싸납쟁이 할매 그리고 회색 몸빼를 입은 건 보나마나 보살일 게 분명하다. 그녀들은 하나 같이 손에는 무언가 보퉁이를 들고 정철의 집을 향해 걸어오다가 앞서 걷고 있는 그를 확인하자

마자 이구동성으로,

"산장양반! 날도 을씨년스런데 우리 반상회 겸 한 잔 합시다아!"

아이구! 내 어찌 그걸 마다할까보냐. 정철은 명지산 산자락이 울리도록 더 큰 목소리로 우렁차게 대답했다.

"오메, 그랍시다아!"

'안살(來煞)이 내 살이면 천리 길도 찾아가라', 문득 스쳐가는 옛말이다. 늘그막에 도란도란 함께 늙어갈 자매가 있다는 것은 축복이라더니 먼 시선으로 보니 꼭 빼닮은 세 자매가 오순도순 정철을 향해 걸어오고 있다.

탈북녀의 아픈 행복

마음이 슬픈 평양

1

서서히 아침이 밝아오고 있다. 북녘의 겨울은 싸늘하기 짝이 없는데 어김없이 밝아오는 아침을 시샘이라도 하듯 때맞춰 하얀 눈까지 펑펑 쏟아지고 있다. 추운 날씨가 대수랴. 솔미는 아버지와 어머니의 사랑을 듬뿍 받으며 청진 예술학원에 다니고 있다. 하루도 쉬지 않고 계속되는 아코디언과 피아노 연습이 어린 솔미에겐 견디기 힘든 고통이라면 고통이었다.

아버지께서 청진의 노동당 고위층 간부로 있어 가정생활에 별다른 어려움이 없었다. 날마다 쉬지 않고 그저 일만 하시는 아버지를 보며 솔미는 항상 송구함과 연민이 마음속 깊은 곳에 똬리를 틀고 있었다. 할머니께서 늘 천축잉어의 고마움을 알아야 한다고 말씀하셨기 때문이다.

천축잉어는 태평양 연안에 사는 바다고기로 암놈이 알을 낳으면 수놈이 그 알을 입속에 넣어 부화시킨단다. 입에 알을 담아 두는 동안 아무것도 먹을 수가 없어 점점 쇠약해지고 알들이 부화되는 시점에서 기력을 잃고 죽어간다. 비록 미물이지만 대를 이을 종족의 죽음이 두려워 입 안에 있는 알들을 뱉지 않는 것이다. 제 몸을 희생하며 어버이의 사랑을 실천하는, 바다고기가 천축잉어라고 하셨다. 솔미에게도 자신을 낳아 애지중지 길러준 천축잉어 같은 아버지의 은혜를 결코 잊어서는 안 된다고 늘 말씀하시곤 했다.

오늘도 앞이 보이지 않게 펑펑 내리는 하얀 눈을 맞으며 솔미는 학교로 달려갔다. 언젠가는 꼭 성공해 고생하신 아버지의 어깨를 따뜻하게 안아드리리라 다짐하면서. 학교에는 이미 많은 학생들이 악기들을 연습하고 있었다. 아코디언, 피아노, 클라리넷, 색소폰 등 서양악기와 우리나라 전통악기인 장구와 북, 꽹과리 그리고 가야금을 연습하는 학생들도 눈에 띄었다.

솔미는 아코디언을 열심히 연습해서 청진예술학원에서 제일 가는 연주자가 되고 싶은 게 작은 소망이었다. 아직 어린 나이지만 무엇이든 열심히 연습하면 자기가 바라는 목표가 이루어지리라는 믿음을 갖고 하루도 쉬지 않고 종일 매달려 악기연습을 했다.

그렇게 열심히 연습만 하던 솔미에게 평양음악무용 대학에 근무하는 삼촌의 어머니로부터 전화가 왔다. 청진예술학원에서 아코디언을 아무리 열심히 해도 희망이 없으니까 평양의 금성학원으로 오라는 말씀이셨다. 그러나 그곳은 대부분 평양에 살고 있는 북한사회의 상위 1% 부유층 자녀들만이 다니는 학원으로 시·도에서는 겨우 한 명 정도나 갈 수 있는 예술 수재를 양성하는 북한 최고의

학원이 아닌가. 소도시 출신인 솔미가 금성학원으로 간다는 것은 낙타가 바늘구멍을 통과하는 것만큼 어려운 일이었다.

가느다란 희망은 있었다. 전국 독창 독주 경연 대회에서 아코디언으로 일등을 하면 입학 자격이 부여된다는 것이다. 그 희망을 품고 연습에 몰입한 결과 솔미는 마침내 전국대회 우승이라는 영예를 안았다. 꿈에도 그리던 북한 최고의 예술 학교 금성학원 입학의 소망을 이룬 것이다.

금성학원은 학제가 14년이고 학생 수도 이천오백 명이나 되었다. 인민학교, 고등중학교, 대학과 정이 모두 갖춰진 곳이다. 솔미는 금성학원 기악반으로 입학했다. 그곳은 선후배의 위계질서가 뚜렷하고 아직 어린 나이의 학생들이지만 노는 것도 멋있게 놀고 공부도 열심히 하는 예술수재들의 보금자리였다.

학원을 졸업하면 은하수 관현악단이나 모란봉

악단으로의 입성이 보장된다. 그곳에서는 친구를 부를 때 공식명칭은 동무라고 불렀다. 하지만 노는 친구들 사이에서는 선생님이 없을 때 남조선 드라마에 자주 나오는 선배라는 호칭을 즐겨 부르며 신식으로 놀았다. 그뿐만 아니라 남조선에서 유행하는 노래는 바로바로 접수해서 춤을 추며 부르곤 했다. 특히 남한의 가수 손담비의 '미쳤어'를 즐겨 불렀던 북한 최고의 예술수재들, 그들은 왜 남한의 노래와 춤을 즐기는 것인지. 자칫 자본주의 물이 흠뻑 들어버릴 위험이 다분한, 속칭 '날라리'들이 되어가는 이유가 과연 어디에 있는 것일까?

평양 부유층의 자녀들만이 다닐 수 있는 금성학원, 그들은 부유층 출신답게 보통 사람들의 한 달 생활비를 명품을 구입하는 데 소모했다. 아무런 구김살 없이 잘 살아가는 것이다. 솔미는 청진에 살고 계시는 부모님을 생각하면서 이곳에서 어떻게 경제적인 어려움을 버텨나갈 것인가 고민했다. 아무리 궁리해 봐도 뾰족한 방법이 없을 것 같았다. 지방에서는 제법 잘 살았던 솔미라고는 하지만 평양 부유층 아이들과 비교하면 턱없이 부족한 생활비 때문에, 아니 상대적 궁핍감이라더니 그들 앞에선 말 그대로 걸인 같은 허기를 느꼈다.

그렇게 어려운 평양생활을 하고 있을 때 청진의 할머니로부터 연락이 왔다.

"솔미야, 너 미쳤니? 우리 집 한 달 쓸 돈을 평양에서 다 써버리면 우리는 어떻게 먹고 살겠니? 잘 생각해 봐라."

"할머니 저도 느끼고 있어요. 조금만 참아주시면 금성학원에 남을 것인가, 청진으로 다시 내려갈 것인가 결정을 하겠습니다."

할머니와의 전화 통화를 마친 솔미의 마음은 답답하기 그지없었다. 아버지는 천축잉어처럼 오직 자식만을 생각하면서 금성학원을 졸업하여 북한최고의 예술인이 되기를 바라셨지만 평양생활을 계속한다는 것은 할머니 말처럼 집안을 말아 먹을 것 같은 현실이 아닌가. 북한 최고의 권력층과 부유층들의 자녀가 다니는 금성학원에서 더 이상 버틴다는 것은 가족 전체를 몰락하게 하는 일이라고 생각되었다. 결국 평양에서 1년을 버틴 그녀가 다시 청진으로 내려와 사범대학을 졸업했다. 그 당시 청진에서 고위층 간부를 하시던 아직 젊은 나이의 아버지가 간암에 걸렸다는 사실을 알게 된다. 경제활동이 전무했던 어머니, 그녀는 오직 아버지의 뒷바라지만 열심히 했기 때문에 바깥사회의 어려운 실정을 전혀 알고 계시지 않았다.

솔미는 아버지를 살리기 위해 돈을 벌어야 했다. 아코디언 개인 교습을 시작으로 상업성이 있는 춤까지 가르치면서 아쉬운 대로 병원비를 충당하는 데 약간의 도움을 줄 수는 있었다. 하지만 간 이식 수술을 받기에는 턱없이 부족했다. 사태가 나서 무너지는 둑을 가녀린 주먹으로 막아보려는 무모한 방식이 아닌가.

그즈음 평소에 잘 알고 지내던 대학 친구의 아버지로부터 '그렇게 어렵게 돈을 벌지 마라. 중국에 가서 3개월이면 천문학적인 돈을 벌어올 수 있다'는 뿌리치기 힘든 유혹이었다. 그것은 꿈같은 이야기라고 생각되었다.

그 말을 믿어야 할지 믿지 않아야 할지 솔미 자신이 판단할 능력조차 잃은 지 오래된 게 당시의 집안 형편이기도 했다. 오직 어렸을 때 할머니가 이야기해 준 천축잉어 같은 존재인 아버지를 자신의 힘으로 살려내야 한다는, 그 하나의 희망을 품고 중국으로 갈 수밖에 없다는 결론을 내린 것이다. 친구의 아버지를 만나기로 했다. 그분에게서 구원을 받고 싶었다.

"솔미야, 아버지 때문에 고생 많지."

"아버지를 꼭 살려드리고 싶어요."

"중국에서 열심히 일하면 3개월에 10만 위안이라는 어마어마한 돈을 벌어올 수 있으니 그렇게 한번 해봐라."

솔미는 아직도 북한 사회에서 남을 배려하고 도우려는 사람이 남아 있다는 것이 너무 고맙게 생각되었다. 그녀는 결심을 굳혔다. 눈 딱 감고 중국에 가서 3개월만 고생하면 아버지 병원비를 마련할 수 있어 효도도 하고 가정 형편도 좋아질 것 같았다.

솔미는 3개월 후 돌아오겠다는 편지를 썼다.

……아버지, 3개월 동안 잠시 어디 좀 갔다 올게요. 그때까지 건강 잘 챙기시고 꼭 살아 계셔야 해요. 딸 솔미.

편지를 책상 위에 놓고 다녀오겠다는 마음 속 인사를 드리는데 자꾸 눈물이 나왔다. 간암으로 거동이 불편해서 일어나지도 못한 아버지께서 철 이른 두툼한 겨울옷을 입으시고 솔미에게 다가왔다. 그 모습이 너무도 안쓰럽고 처량했다. 가슴이 미어지는 아픔이었다.

"솔미야, 어디 가니?"

"친구 어머니 장례식에 가니까 곧 와요."

"빨리 갖다 오거라."

"알겠어요. 몸조심하고 잘 계세요."

솔미는 아버지의 병이 깊어 초췌해진 몰골에서 한없는 연민의 정을 느꼈다. 그러나 그것이 마지막 이별인 것을 솔미가 어찌 알 수 있었을 것인가? 그녀는 눈물을 흘리는 모습을 아버지께 보이지 않으려고 뒤돌아서 뛰기 시작했다. 그렇게 가슴 아픈 이별은 하염없는 눈물 속에서 이뤄지고 말았다.

솔미는 탈북을 도와주는 브로커를 만나 기차와 버스를 갈아타며 두만강 인근 마을로 숨어들었다. 그리고 그날 밤 안전하게 국경을 넘어 중국에 도착했다.

2

한시라도 서둘러 돈을 벌어 아버지의 병을 고치겠
다는 일념으로 중국으로 왔지만 모든 것이 쉽게 풀
리지 않았다. 브로커를 따라 선양까지 왔을 때다.

참으로 이상한 일이 벌어졌다. 솔미에게는 영원
히 씻을 수 없는 인생의 오점이 찍히는 순간이기도
했다. 선양의 도심 어느 한산한 골목길에서 험상궂
은 사람들이 솔미를 가운데 두고 무슨 흥정 같은
것을 한다는 느낌이 들었다. 저들이 무엇 때문에
자신을 두고 실랑이를 하고 있는지 전혀 알지 못했
던 솔미에게 어떤 젊은 남성이 자기를 따라 오라는
손짓을 했다. 이제 돈을 벌수 있는 직장으로 데려
가겠지 하는 생각으로 그 남자의 뒤를 졸랑졸랑 따

라갔다. 솔미는 좋은 직장을 만나 많은 돈을 벌수 있는 것은 오직 자기의 운명에 달려 있다고 스스로 자신에게 위로의 말을 건네기도 하였다.

솔미가 그 남자의 뒤를 따라 간 곳은 선양의 변두리 농촌 시골마을이었다. 그곳에는 장차 시어머니 되실 분이 마중을 나와 있었다는 것을 어찌 짐작이나 하였을까. 자신이 인신매매에 걸려 팔려왔다는 것을 직감하는 순간이었다. 하지만 그래도 설마 사람을 팔고 사고했을 것이라고는 꿈에도 생각하지 않았던 거짓말 같은 일이 현실이 되고 만 것이다. 사람의 몸에 가격을 매겨서 팔고 사는 인신매매범과 그녀를 인계 받기 위해 마중 나온 남자의 어머니가 솔미에게는 한없이 무섭게만 보였다.

얼마의 시간이 흐른 후에야 농촌에서 결혼을 못한 늙다리 총각에게 팔려 왔다는 것을 알면서 깊은 충격에 빠졌다. 그 첫날의 악몽 같던 밤을 어찌 잊을까. 심장이 쪼그라들고 감내할 수 없는 부피로

달려든 공포 때문에 정신을 차릴 수 없는 혼미한 상태가 됐다. 솔미로선 미래를 전혀 알 수 없는 세계로 빠져들 수밖에 없었으니 한편으로는 체념하는 심정이었다. 스물두 살의 솔미에게는 이것이 과연 내 운명인가 의문도 들었다.

눈앞이 캄캄해 도무지 아무것도 보이지 않는 현실에서 이러지도 저러지도 못한 채 막막하기만 했는데 그들이 무슨 이야기인가를 주고받는다. 그것은 아직 어린 솔미가 안쓰럽고 불쌍하다는 말을 하는 것 같았다. 그렇게 인신매매로 팔려온 신혼 첫날밤이 시작되었다. 시어머니가 준 고운 옷으로 갈아입고 새로 만들어 놓은 이부자리 위에서 신랑의 모습을 자세히 볼 수 있었다. 나이가 들어 보이는 그 사람은 나쁜 사람 같지는 않았지만 돈에 팔려 왔다는 생각 때문에 정이 가지 않았다.

남자의 옆에서 잠시 잠이 들었던 솔미는 꿈속에서 몸서리치는 아픔을 느껴야 했다. 자궁으로 기다란 뱀이 꼬리를 치고 들어오고 있었다. 무섭다

기보다 징그러운 마음으로 정신을 차리고 보니 꿈이었다. 돈을 주고 사온 신부를 옆에 눕히고 잠든 신랑은 어떤 사람일까 궁금했다. 마음씨 좋은 사람이면 좋을 텐데……. 한참을 생각에 잠겼다가 다시 잠이 들었다. 이번에는 뱀이 몸속으로 들어오는 꿈보다 더 무서운 악몽에 시달려야 했다. 잠든 그녀의 몸에 여러 개의 주사기를 꼽고 피를 뽑는 것이 아닌가? 그들은 마치 흡혈귀와 같았다. 사람을 살려 달라고 아무리 소리쳐도 입속에서 메아리만이 돌고 있다. 그런데 피를 뽑던 그들이 솔미를 돼지처럼 거꾸로 매달고 혀를 칼로 자른 뒤 흐르는 피를 그릇에 받으면서 킬킬 웃음을 웃는다. 그들은 사람의 얼굴을 한 짐승들이라고 생각되었다. 새벽이 밝아오면서 그렇게 무섭게 꾸었던 악몽도 어딘가로 사라졌다.

아침 일찍 그녀는 생각에 잠겼다. 자신의 운명이 너무 험난해서 인신매매까지 당했지만 이곳에서 자기를 보호해줄 사람은 시어머니밖에 없을 것이라는 생각이 들었다. 눈을 뜨자 시어머니를 찾아가서 아침 인사를 드리니까 왜 그러냐는 듯이 솔미를 쳐다보았다.

"워 아이, 마마(사랑합니다, 엄마)."

이렇게 입으로는 말하고 있었지만 사랑해서가 아니고 정말 무서운 현실에서 살아남기 위한 마지막 절규인 것 같았다. 그런데 그렇게 무서워만 보였던 시어머니께서 솔미를 부둥켜안고 울기 시작했다. 서러움에 복받쳤던 그녀도 함께 울었다. 시어머니께서 처음으로 "춥지 않니?"라고 그녀에게 건넨 그 말이야말로 그녀를 마음으로 받아들인다는 뜻인 것 같았다.

너무 의아한 생각이 들었다. 시어머니는 왜 그녀를 보고 울었을까? 나중에 중국말을 할 수 있을 때 '워 아이 마마'를 부르면서 어머니를 사랑한다고 했는데 왜 그렇게 울었는지 물어보았다. 그녀는 사랑이 무엇인지도 모르는 아직 어린 신부가 부들부들 떨며 자신을 사랑한다고 해 너무 불쌍해서 울었다는 말을 했다. 그날 이후 시어머니는 솔미를 며느리라고 하지 않고 딸이라고 불렀다.

솔미는 다행히 좋은 사람들을 만난 것 같았다. 나이 많은 농촌 총각도 성실하고 좋은 사람이었지만 시부모님도 인정이 많고 눈물도 많은 농촌의 평범한 사람들이었다. 하지만 시어머니의 애틋한 사랑에도 불구하고 솔미의 몸과 마음은 얼어붙었다.

신랑 장궈룽은 어린 신부 솔미를 지극 정성으로 보살피며 사랑하려고 노력했다. 사랑도 느끼지 못하고 인신매매에 걸려 팔려온 신부가 너무 안쓰러워 보였기 때문이다. 솔미는 하루 빨리 돈을 벌어 북한에 계시는 아버지의 병을 고쳐 드리고 싶은 마음밖에 없었다. 북한에서 귀여운 딸로 커서 아무런 고생도 하지 않고 행복하게 자랐지만 이런 불행의 수렁이 기다리고 있을 줄이야.

자포자기의 심정이랄까. 아니, 지금 중국 공안에게 잡히면 돈도 벌 수 없고 아버지의 병도 낫게 할 수 없다는 절박한 심정으로 열심히 일을 해야 했다. 눈보라가 몰아치는 추운 겨울 가족의 옷을 찬물에 손빨래를 하는 정성을 들였고, 시아버지의 청바지는 북한에서처럼 깨끗이 빨아서 다리미로 칼주름을 잡아 입혀드리면서 가족들의 사랑을 받기 위해 혼신의 노력을 했다. 밤에는 농촌에서 고된 일을 하시는 시부모님에게 마사지도 해드리고 손과 발을 지극 정성으로 씻겨 드렸다.

이런 고된 시집살이를 시작한 뒤 보름쯤 지날 무렵부터였다. 이번에는 시어머니가 솔미의 발을 씻겨 주기 시작했다. 그녀의 정성에 시부모가 감동을 했던 것일까? 솔미는 시어머니와 많은 대화를 나누었다. 북한에서 피아노와 아코디언을 공부했다는 말을 듣고 당장 사러가자는 그분이 너무 고마웠다. 한편으로 생각하면 인신매매로 팔려 왔지만 인복(人福)이 있어 좋은 사람들을 만난 것이 천만다행이었다. 그렇게 정성을 쏟은 뒤 석 달이 지날 무렵 시어머니는 북한의 친정어머니에게 전화를 걸어 안부를 전할 수 있도록 배려해주었다. 그리고 생활비까지 매달 꼭꼭 보내드리는 그분들이 너무 고마웠다. 한때는 인신매매로 팔려온 그녀가 도망갈 생각도 해 보았지만 순수하고 천사보다 더 좋은 분들을 두고 떠난다면 절대로 행복할 수 없을 것이라는 생각이 들었다.

비록 짧은 기간이지만 솔미는 나름대로 행복했다. 그리고 결혼생활 일 년이 지나 딸아이를 낳았다. 아이를 어떻게 얻게 되었는지 자기가 어떻게 긴 세월을 살아왔는지 아무런 기억도 할 수 없는 무감각한 세월의 흐름 속에서 어여쁜 딸을 낳은 것이다. 그녀는 딸아이의 해맑은 눈빛을 보고 있노라면 어디선가 밀려오는 따스한 행복함을 느낄 때가 많았다. 하지만 한시라도 빨리 중국말을 배워 자신이 직접 돈을 벌어 북한에 계시는 부모님을 돕고 싶었다. 그렇게 해서 시작한 것이 중국 어린이들에게 전공을 살려 아코디언을 가르치는 일이었다. 형편이 조금 좋은 아이들에겐 피아노도 가르치면서 매달 수입도 짭짤하게 그녀의 수중으로 들어왔다. 시어머니께서는 고향에 계시는 어머니 생각을 하면서 불러보라고 '세상에서 엄마가 제일 좋아'라는 노래를 가르쳐 주시기도 했다.

솔미는 그곳 농촌의 작은 시골마을에서 유명인사가 되어 가고 있었다. 며느리를 지극히 사랑하는 시어머니는 시골 동네에서 그녀를 칭찬하고 자랑하고 다니는 것이 하루 일과였다. 살림도 열심히 하고 예쁜 손녀도 낳아준 며느리가 이제 딸이 되어 눈에 넣어도 아깝지 않을 사람으로 변해 버린 것이다. 눈이 펑펑 쏟아지는 겨울밤, 솔미가 기침을 하면 한밤중에 의사를 모시고 와서 주사를 맞혀 주시는 지극한 사랑도 보여주셨다. 시어머니께 너무 황송한 마음 때문에 기침도 마음대로 할 수 없었다. 솔미는 큰 바다 같은 마음씨를 지니신 시부모님을 만난 것이 진심으로 감사하게 여겨졌다.

그러나 행복은 항상 그녀의 주변에 오래 머무르지 않았다. 딸아이가 태어난 지 한 달쯤 되었을 무렵, 아코디언 교습으로 잘 나가는 솔미를 마을 주민이 시기 질투가 났는지 공안에 신고를 해 버린 것이다. 솔미가 공안에 잡히던 날 시부모님과 신랑 장궈룽은 정신을 잃고 어떻게 해서든지 북한에 강제 북송만을 막아보려고 최대한 노력했지만 그들의 힘으로는 어쩔 수 없는 현실이 되고 말았다.

"워 아이, 마마(사랑해요, 엄마)."

솔미는 사랑하는 시어머니에게 마지막으로 사랑한다는 말을 남기고 선양의 농촌마을에서 공안에게 끌려 생이별을 하게 되었다. 그녀는 국경 근처에서 북한 보위부원에게 인계되면서 죽어도 다시 가고 싶지 않았던 그곳으로 강제 북송이 되고 만 것이다.

3

중국과 국경을 마주하고 있는 북한 땅, 그곳 보위부 구류장에서 솔미는 탈북경위와 중국에서의 행적을 조사 받기 시작했다. 이제 겨우 한 달이 지난 딸아이를 놓아두고 온 어미의 심정을 간곡히 하소연도 해보았지만 그들에게는 오직 탈북한 이유만을 집요하게 캐물었다. 그리고 밤에 잠을 재우지 않고 남한의 첩자가 아닌가 의심을 하면서 자백을 강요했다.

하루에도 몇 번씩 젖이 퉁퉁 불어 속옷이 흠뻑 젖었다. 솔미는 그때마다 애타게 자신을 찾고 있을 젖먹이 딸아이를 생각하며 몸부림쳤다. 미물인 어미 거미들도 새끼를 낳으면 자신의 피를 먹여 키운다. 피가 다 떨어지면 죽는다는 것을 뻔히 알면서도 새끼가 자라는 것이 너무 귀엽고 사랑스러워 마지막 남은 피 한 방울까지 모두 주고 결국 어미는 죽고 만다. 말라비틀어진 거미 껍질이 자신의 집에 티끌처럼 바람에 흔들리지만 새끼를 위해 기꺼이 죽어 간다. 솔미는 불어 터진 젖을 아직 어린 딸에게 물려서 배를 채워줄 수가 없는 현실이 원망스럽기만 했다.

그녀는 아버지의 병원비를 마련하기 위해 탈북했다는 진정 어린 말로는 조사 담당 보위부원을 설득할 수 없었다. 솔미는 자신의 운명을 원망해야 했다.

모든 것이 자기의 죗값이라고 허탈해하면서 조사를 받았다. 그래도 북한으로 북송되었으니 사랑하는 부모님을 만나볼 수도 있겠다는 희망 섞인 생각을 했지만 그것은 불가능한 일이었다. 다만 아버지께서 솔미가 탈북한 지 3개월 만에 간암으로 돌아가셨다는 말만 들을 수 있었다. 딸아이에게 먹여야 했던 모유도 잔혹한 조사과정에서 정신적인 고통과 육체적인 피로가 쌓여 자연스럽게 멈추어지고 계속 조사가 이어졌다. 구류장에서 조사를 받는 6개월 동안 옷을 갈아입을 수도 없다. 찢어지고 헤진 옷을 기워 입어야 되는데, 그곳에는 바늘을 가지고 들어갈 수 없기 때문이다. 가끔 발생하는 수형자의 자해 행위를 방지하기 위해서다. 어느 날 아침식사에 쌀밥이 들어왔다. 그것으로 바늘을 만들어 찢어진 옷을 기워 입어야겠다는 생각을 했다.

밥알 2개를 계속해서 바닥에 굴리면 딱딱하고 길쭉하게 늘어나 쫄깃쫄깃해진다. 그렇게 굴린 밥알 한쪽 끝에 실 서너 가닥을 겹쳐놓아 다시 바닥에 굴려 더 딱딱하게 굳었을 때 실을 빼면 구멍이 생긴다. 그 구멍에 실을 넣고 찢어진 옷을 얼키설키 꿰매 입는데, 얇은 옷은 무난하게 기워 입을

수 있지만, 두꺼운 옷은 밥알 바늘을 사용할 수
없어 아쉬움이 많았다. 가혹한 과정의 모든 조사
가 끝나고 5년의 교도형을 받은 솔미에게는 혹독
한 최악의 강제노동이 기다리고 있었다.

매일 직경 30센티미터 나무를 손도끼로 다섯 그
루를 찍어서 산 아래로 끌어내리는 작업을 여자들
이 하고 있었다. 강제 노동에 동원된 첫날 나무를
찍어 나무 앞에 쇠촉살을 박아 끈으로 연결해서
통나무를 운전해 내리막길로 끌어내리는데 갑자기
촉살에 연결된 끈이 끊어지기 시작했다. 때마침
솔미 앞으로 통나무를 끌고 가는 수형자들이 40
명 정도가 산 아래로 내려가고 있었다. 만약에 그
녀의 쇠촉살에 연결된 끈이 끊어진다면 앞에 내려
가는 동료를 덮칠 것이고 덮친 동료가 다시 앞사
람을 덮치는 연쇄 충돌이 일어날 수 있는 위험천
만의 순간이었다. 어떻게 해서든지 대형 사고를 방
지하기 위해서 나무 앞 끝을 들고 통나무 위에 올

라타서 방향을 돌리려다가 통나무와 함께 뒹구는 바람에 꼬리뼈가 박살이 나고 말았다.

교도소에는 의료시설이 있어 사형수라도 수술을 받을 수 있었는데 솔미처럼 탈북한 사람들은 또 두만강을 건너갈 '도강쟁이'로 몰아 일체 병원 치료의 혜택에서도 제외되었다. 그렇게 중상을 입고도 그녀가 5년이라는 긴 세월을 살아갈 수 있었던 이유는 세상에 태어난 지 한 달된 엄마 젖꼭지를 물고 있던 딸아이가 눈앞을 아른거렸고 하나뿐인 그 딸을 위해 무조건 살아서 엄마의 얼굴을 보여 주겠다는 일념이었다. 그 삶의 명분을 끊임없이 되새기며 이를 악물고 살아왔기 때문에 가능했던 것이다.

솔미가 혹독한 고통으로 점철된 감옥 생활을 하면서 순간순간 위로가 되는 유일한 것이 있었다. 그것은 중국의 시어머니가 가르쳐준 '세상에서 엄마가 제일 좋아'라는 노래였다. 그 노래를 읊조려

부르면서 어여쁜 딸, 가엾은 딸을 생각하며 절망으로 향하는 마음을 다잡았다. 이후 재 탈북해서 알았던 사실이지만 솔미가 북송되었을 때, 시어머니께서는 당신 손수 손녀에게 이 노래를 가르쳐주고 열심히 부르면 엄마가 꼭 돌아올 거라고 하셨다고 한다.

솔미는 꼬리뼈가 박살이 나버린 아픔과 두고 온 핏덩이 딸 그리고 부모님을 향한 그리움으로 범벅된 극심한 고통을 참으며 혹독한 강제노동을 하면서 긴 교도형을 무사히 마쳤다. 교도소 생활은 중국의 시부모들이 솔미가 있는 교도소를 수소문해서 보내준 돈으로 많은 도움을 받았다. 솔미가 제대로 먹지 못할까 걱정되어 돈이 생기는 대로 아낌없이 보내준 덕택이었다. 그들의 피와 땀, 마음으로 뭉친 정성어린 배려 덕택에 그나마 가혹한 수형생활을 무사히 마치게 된 셈이다.

드디어 지난 5년 동안 단 한시도 잊어본 적이 없

는 딸아이를 찾아갈 수 있게 되었다. 그녀는 그 어떤 위험이 따르더라도 반드시 두만강을 넘어야 할 운명이었다. 그러나 교도소를 나온 후 한국으로 가기 위해 국경을 넘다가 겨우 세 시간 만에 바로 잡히고 말았다. 솔미 자신이 살아있다는 것, 자체가 용서받지 못할 죄인인 것만 같았다. 이제 또 교도소에 들어간다면 6개월 내에 똑같은 죄를 저질렀을 때 자기가 살았던 수형기간의 두 배인 10년을 더 살도록 가중처벌 하는 것이 북한의 엄격한 법 적용이었다. 살아서는 다시는 나오지 못하고 그곳에서 죽는 수밖에 없다, 그런 생각을 하면서 조사를 받기 위해 보위지도원의 책상 앞에 앉았다. 조사를 받으려면 고개를 숙이고 들어가 상대를 쳐다볼 수 없다는 게 그곳의 엄격한 규칙이었다. 고개를 푹 숙이고 있는 솔미에게 보위지도원의 말소리가 들려왔다.

"얼굴 들어봐."

그녀는 고개를 드는 순간 심장이 무너져 내릴

것 같았다. 다행스럽게도 대학동기생이 거기에 앉아 있는 것이 아닌가. 보위지도원은 솔미를 보는 순간 소리도 내지 못하고 계속 눈물을 흘렸다. 중국에 가서 인신매매를 당해 아이도 낳았다는데 강제 북송되어 교도소생활까지 한 그녀가 또 잡혀 들어 온 것이 너무 기막히고 기구한 삶을 사는 것 같아 마음이 아파 저절로 눈물을 흘린 것이다.

대학 동기생은 조사실에 녹음장치가 있었던지 종이에 이렇게 써 내려갔다.

"이 가스나야. 똑똑한 줄 알았는데 바보구나. 어쩌다가 또 잡혀왔니?"

하늘이 무너져도 솟아날 구멍이 있다는 말을 실감하듯 조사를 담당했던 그녀의 대학동기 보위지도원의 도움으로 솔미는 또다시 두만강을 넘을 수 있었다. 이런 '천우신조'의 행운이 자신에게 찾아올 줄이야! 솔미는 만약 다시 잡힌다면 살아남기 어렵다는 사실을 알고 쥐약을 뜯어 주머니에 넣고 깊은 밤중에 두만강을 건너기 시작했다. 자신의 처지도 처지이려니와 자신을 도와준 동창의 안위가 위태로워질 것은 불을 보듯 뻔하지 않은가. 그래서 잡히면 쥐약을 먹고 현장에서 죽고 말아야겠다는 생각이었다.

보위부에서 다시는 도망치지 못하게 자신의 다리 한쪽을 부러뜨리면 외짝다리를 하고라도 반드시 딸을 찾고 말겠다는 오직 한 가지 생각과 죽고자 하면 살 수 있다는 강한 의지만으로 버텼다. 그렇게 3일 내내 굶으면서 계속 걸었다. 이제는 정말이지 다시는 건널 수 없다고 생각했던 두만강을 다행히 안전하게 건너 재 탈북에 성공한 것이다.

4

중국 땅에 도착한 솔미는 3일 동안 굶고 걸었기 때문에 몸 상태가 말이 아니었다. 몸무게가 35킬로그램밖에 나가지 않아 금방이라도 쓰러질 듯한 허약한 몸으로 중국 국경에서 차편으로 꼬박 9시간이 걸리는 시댁 선양까지 찾아가기란 거의 불가능할 것 같았다. 그녀는 무작정 딸아이가 있는 곳을 향해서 걷기 시작했다. 얼마나 걸었을까 해가 지고 캄캄한 밤이 찾아왔지만 그녀는 더 이상 걸어갈 힘이 남아있지 않았다.

정신 상태는 혼미해지고 앞은 잘 보이지 않았지만 불빛이 보이는 집을 기어가듯이 찾아가 집 앞에서 쓰러져 잠이 들었는데 한족(漢族) 같이 생긴 몸집이 큰 여인이 나와서 솔미를 깨우고 있었다. 그 사람은 중국에는 이렇게 마른 사람이 없어 탈북한 사람으로 생각했다면서 왜 이렇게 정신을 잃고 있느냐고 물었다. 그녀는 자신이 북한사람이라는 사실을 고백하고 중국 사람과 결혼하여 딸아이와 남편 그리고 시부모가 선양에 살고 있다고……. 북한의 변방대가 잡아갈 것 같아 무섭다면서 중국말로 도움을 요청하였다.

"워 요우 하이즈(저한테는 아이가 있습니다)."

이렇게 말하면서 비가 내리는 밤에 그 여인 앞에 무릎을 꿇었다.

"이제 북한으로 잡혀간다면 이번에는 죽어야 합니다. 제가 살아도 사람이 아니라 짐승 취급을 받을게 뻔합니다. 제발 숨겨주세요."

무릎을 꿇고 있는 그녀를 한족 여인이 일으켜 세우면서 자기도 어린아이가 있어 모든 것을 이해한다고 했다. 솔미는 딸아이가 있는 그곳으로 가야된다면서 시댁에 유선전화가 있으니까 나를 데리러 올 때까지 이 집에 숨겨주어야 살 수 있다고, 다시는 강제 북송되지 않도록 도와달라고 간곡히 부탁을 했다.

시댁과의 전화통화가 이루어지고 시어머니는 며느리가 다시 탈북 했다는 소식에 크게 놀라고 있었다. 그동안 시부모께서는 솔미의 생사 여부를 백방으로 알아보고 교도소 생활에 도움이 되도록 송금도 했지만 북송되면 거의 죽는다는데 살아왔다는 것은 기적이라고 생각했다. 시부모가 그녀를 데리러 오겠다는 9시간이 얼마나 길었던가. 초조함에 마치 9년처럼 긴 시간이었다. 한족 여인 집에서 시부모와 상봉한 솔미는 울음도 눈물도 메말랐고 오직 딸아이만을 보아야겠다는 생각뿐이었다.

집에 도착해서 딸아이를 본 순간 눈물이 앞을 가렸다. 강제 북송될 때 한 달된 아이가 여섯 살이 되어 알아 볼 수 없었다. 딸은 엄마의 몰골이 너무 흉하고 무서워서 솔미가 보이지 않는 곳으로 멀리 숨으려고만 했다. 남편과 시부모가 엄마라고 불러보라고 했지만 딸아이는 일주일이 지나서야 "엄마"라고 불러주었다. 그녀는 가슴이 아파왔다. 귀여운 딸을 보지 못하고 살아야 했던 세월이 너무 야속하고 불행했다는 생각에 밤잠을 이룰 수 없었다. 아침 일찍 일어난 솔미는 시아버지에게 아침인사를 드리면서 한없이 울었다. 다 떨어진 옷을 입고 있는데 그 옷이 5년 전 솔미가 사주었던 옷이었다. 그리고 솔미가 교도소 생활을 편안하게 할 수 있도록 돈을 벌면 한 푼도 남김없이 보내준 시부모님, 그녀를 친딸로 생각한 천사 같은 시부모였다는 것을 나중에야 알게 된 것이다. 딸보다 더 친딸 같은 며느리, 그녀를 너무 사랑하는 세상에서 제일 좋은 사람들이다. 평생 농촌에서 소만 기르고 살았던 시아버지가 아니었던가.

남편 장귀룽과도 5년 만에 해후해 그립던 부부

의 정을 나누면서 많은 말들을 주고받았다.

"당신의 강제 북송을 막아주지 못해 정말 미안해."

"그게 당신 잘못은 아니잖아요."

"그때는 최선을 다했지만 어쩔 수 없었어."

"이제 모든 게 지나간 일이예요."

밤이 새벽이 될 때까지 그동안 나누지 못했던 부부간의 사랑과 쌓이고 쌓였던 이야기들을 하느라 두 사람 모두 밤새 잠을 이루지 못했다. 솔미는 앞으로 자기가 살려면 한국으로 가야만 한다는 생각을 했다. 그래야 남편과 딸아이 셋이서 행복할 것 같았다.

다음날 아침, 남편은 솔미에게 인신매매를 통해 자기와 부부가 되었지만 딸아이를 낳으면서 흠뻑 정이 들었다는 말을 하면서 신분도 없이 중국에서 사는 것은 위험하니까 한국으로 가서 행복하게 사는 것이 좋지 않겠는가, 그녀의 의견을 물어 왔다.

평소 그녀가 생각하고 있던 말을 남편의 입을 통해서 들으니까 너무나 고마웠다. 남편과 솔미는 한국으로 가야 행복할 것이라는 생각을 하면서도 앞으로 어떻게 해야 할지 불안하기만 했다.

"여보, 한국으로 가다가 또 잡히면 그때는 더 죽어. 어떻게 갈 거야?"

"이번에는 내가 베트남까지 데려다 줄 거야. 거기까지 가면 안전하니까 걱정 말아."

솔미는 또다시 사랑하는 딸과 헤어져야 한다는 생각에 가슴이 미어지는 것 같았다.

"내 딸, 엄마 한국 가면 꼭 데리러 올게. 그동안 잘 있어."

"엄마, 가지마. 나랑 같이 살게."

"아빠와 셋이 행복하게 살려면 가야 돼."

"엄마, 이 세상에서 엄마가 제일 좋아."

"조금만 참아. 곧 데리러 올게."

이런 대화를 나누면서 흐르는 피눈물로 작별을 해야 했다. 남편은 탈북자를 돕는 브로커와 며칠을 전화를 주고받으면서 베트남까지 가는데 면밀한 계획을 세워 실행에 옮겼다. 마침내 한국으로 가기 위해 시골집을 출발하는데 시부모님의 눈물을 보자 가슴이 아팠다. 시아버지는 금방이라도 눈물이 쏟아질 것만 같은 표정을 지으면서 억지로 웃음 띤 얼굴을 하고 계셨다.

기차와 버스를 갈아타면서 공안들의 눈을 피해 며칠을 여행한 끝에 베트남 국경을 넘어 하노이의 한국 대사관에 들어가는 데 성공했다. 인신매매로 만났지만 남편은 순박하고 좋은 사람이었고 그것이야말로 솔미에게는 큰 행운이었다. 남편 장귀룽은 그녀와 헤어지면서 의미심장한 말을 남겼다.

"여보, 사실은 이모님이 너를 보내지 말라고 했다. 한국 가면 좋은 남자 만나고 살아가는 데 어려움이 없으니까 다시는 중국에 오지 않을 것이라는 말씀을 하셨지만 나는 당신을 보내야겠다. 그것은 내 딸의 엄마이기 때문이다."

남편은 솔미가 강제 북송될 때 막아주지 못한 죄책감에서 벗어나고 싶었던 것일까? 그는 5년 동안 고통 속에서 밥도 제대로 먹지 못하고 잠도 마음 놓고 잘 수 없는 지옥 같은 생활을 했다면서 그럴 바에야 좋은 곳에 가서 행복하게 살아야 하지 않겠느냐? 내 딸의 엄마가 더 잘사는 나라에 가서 행복하게 사는 것을 보는 것이 마음이 편할 것 같아서 한국으로 보내는 것이니까 부담 갖지 말라고…….

남편의 한없이 선량한 눈은 눈물을 가득 머금고 있었다. 그의 모습을 다시는 볼 수 없을 것 같은 말을 들으면서 가슴이 저려 왔다.

그녀에게는 가족이 제일 중요했다. 때문에 그렇게 말하는 남편에게 무슨 미친 소리를 하느냐, 한국에 가면 바로 혼인신고를 하고 딸아이와 우리 셋이서 사는 것이 꿈이다. 그러니 제발 그런 말은 다시는 하지 말라고 하면서 세상 모든 사람들이 배신해도 자기는 절대 배신하지 않는다는 확신을 주었다. 가끔 남편의 말과 행동에는 무엇인가를 숨기고 있는 기색이 엿보이기도 했다. 헤어지는 순간 자꾸만 남편과 딸아이가 솔미의 맑은 눈 속으로 들어왔다. 가슴이 찢어지는 아픔을 안고 그들의 곁을 떠나오면서 빠른 시일 내에 다시 만날 수 있도록 해달라고 누군가에게 빌고 빌었다.

천신만고 끝에 무사히 찾아온 한국대사관의 도움을 받아 대한항공 국적기로 인천공항을 통해 입국할 수 있었다. 국정원에서 탈북경위 등 모든 조사를 마치고 자유의 몸이 된 솔미는 중국시댁으로 전화해서 아이 아빠를 바꾸어 달라고 했지만 며칠 동안 바꾸어주지 않고 일하러 나갔다는 말만 되풀이 했다.

그녀는 이상한 생각이 들었다. 혹시 다른 여자가 생긴 것은 아닐까? 그래서 말도 안 되는 거짓말을 하느냐고 다그쳐 물었다. 시어머니께서는 펑펑 우시기 시작하면서 아들은 하늘나라로 가고

이 세상에 없다는, 마른하늘에 날벼락 같은 말씀을 하고 있었다. 너무나 어처구니없는 말을 듣는 솔미는 거짓말 같은 그 말을 이해할 수 없었다.

그때 남편의 나이는 겨우 서른두 살이었기 때문이다. 전화 속에서 생생하게 들려오는 시어머니의 통곡소리를 들으면서 그녀는 살아있는 자기가 죄인처럼 느껴졌다. 남편이 뇌척수막염으로 죽었다는 말을 듣는 순간 베트남에서 헤어질 때 남편은 이미 자신의 몸이 아파 삶을 오래 지탱할 수 없다는 것을 알고 있었던 것은 아니었을까? 솔미는 가슴이 찢어지는 아픔을 느끼며 자기를 버리고 하늘나라로 가버린 남편이 한없이 원망스러웠다. 솔미를 한국 땅으로 보낸 것이 남편의 마지막 선물이었다는 것을 알면서 통곡했지만 냉혹한 운명의 신은 그들의 삶을 갈라놓도록 이미 정해버린 지 오래인 것 같았다.

이제 남은 혈육은 오직 딸아이만이 이 세상에

존재한다. 한국생활 일 년 만에 중국 시댁을 찾아
간 솔미에게는 또 다른 시련이 기다리고 있었다. 시
부모에게 한국에서 새로운 시작을 하고 싶으니까
딸아이를 데려가겠다는 말씀을 드렸으나 자기 집안
에는 아들의 혈육이 하나뿐이니까 한국에서 좋은
사람 만나 행복하게 살고 딸아이는 그만 포기하라
는 말을 했다. 시어머니께서도 아들의 단 하나 남
은 핏줄인 손녀딸을 보내고 싶지 않았던 것이다. 누
가 옳고 그른지 어느 뛰어난 판관인들 판단할 수
있을 것인가. 갈수록 고부간의 대화는 서로의 가슴
이 찢어지는 아픔 속에서 피눈물을 흘려야 하는
비극적인 상황으로 치달았다.

"어머니 제가 여기까지 살아온 이유는 딸아이 하
나 때문입니다. 이제 한국여권도 있고 외국여행도
마음대로 다닐 수 있는데, 그리고 이제 잡혀갈 일
도 없는데 내 새끼와 헤어져 살아야 한다는 것은
너무하지 않습니까? 어머니께서는 저를 너무도 잘

아시잖아요. 불행하게도 제 손으로 딸을 직접 키우지는 못했지만 내 마음속에는 오직 딸아이 하나밖에 없습니다."

이렇게 시부모님께 눈물로 호소하고 설득해서 솔미는 딸아이를 한국으로 무사히 데려올 수 있었다.

그녀는 한국에서 딸아이와 행복하게 살고 있다. 하루하루가 즐거운 꿈을 꾸는 그런 생활을 만끽하며. 이제 한국 생활에 적응한 딸은 학교에서 공부도 잘하고 키도 무럭무럭 자라 솔미보다 훨씬 컸다. 오늘도 딸아이는 엄마에게 귓속말을 한다.

"엄마, 행복해. 너무너무."

"엄마도 행복하단다. 하늘나라에 계시는 너의 아버지도 기뻐하실 거야."

"엄마, 앞으로는 울지 말고 살아요."

"그래야지."

딸아이는 하루에도 몇 번씩 행복하다는 말로 엄

마를 위로하였다. 그런 의젓한 딸을 볼 때마다 솔
미는 북한에서 고생하시는 친정엄마가 못 견디게
그리웠다. 그녀가 고향 생각이 날 때마다 즐겨 부르
는 '홀로 아리랑'이다. 노래를 부르는 그녀의 마음
속에는 피눈물이 끊임없는 강물이 되어 흘러내리
고 있었다. 언제쯤 고향집에서 친정어머니와 마주
앉아 웃게 될 날이 찾아 올 것인가.

저 멀리 동해바다 외로운 땅
오늘도 거센 바람 불어오겠지
조그만 얼굴로 바람 맞으니
내 고향아 간밤에 잘 잤느냐
아리랑 아리랑 홀로아리랑

그날이 오기까지 견디고 견디겠노라, 솔미는 다
짐한다. 이곳 남쪽생활이 행복하면 행복할수록 더
더욱 날카로운 송곳이 되어 그녀의 가슴을 후비며
파고드는 그리움과 아픔! 그럴 때면 어김없이 귓전

에 아련히 퍼지는 고향 노래다. 눈물 섞어가며 남몰래 그 노래를 읊조리면서 솔미는 간절한 소망을 가슴에 품는다. 흩어진 가족들과 다시 만나 행복하게 살아가는 꿈, 그 꿈 말이다.

삿갓배미 사랑

아름다운 삿갓배미 논

1

소나무 병풍을 둘러친 아늑한 산자락에 움막을 짓고 살아가는 병철, 흙으로 엉성하게 지어놓은 움집 아래로 삿갓배미 다랑이 논들이 마치 정원처럼 펼쳐진 운치 있는 곳이다. 결혼 적령기를 훌쩍 넘겨 어느덧 불혹을 향하고 있지만 아직 따뜻한 밥 한 그릇 해 줄 여자를 만나지 못한 채 삿갓배미 농사를 짓고 있는 정직하고 성실하게 살아가는 우직한 농군이다.

머리에 쓰는 삿갓을 내려놓고 모를 심고 일어나면 그 삿갓 아래 겨우 모가 있을 정도로 작은 땅으로 이루어져 있다고 해서 붙여진 이름에 걸맞은 두어 마지기의 땅 아닌가. 해마다 부족한 물에 시달리기 일쑤요, 가을이 되어 수확을 한다 해도 혼자 식량이나 때울까 싶은 적은 양에 불과했지만, 병철은 올해도 변함없이 봄을 맞아 삿갓배미에 모심기를 하기 위해 아침부터 부지런히 일을 해야 했다. 다랑이 논에 물을 잘 가두기 위해 논두렁도 살펴야 하고 모판도 튼튼하게 길러야 한해 농사를 잘 지을 수 있기 때문이다.

병철은 모심기를 위한 마지막 작업을 마치고 산으로 올라갔다. 푸짐한 나물거리가 온 산에 널려 있어 그것들을 채취해서 저녁 찬거리라도 준비해 보려는 생각에서였다. 이제 막 땅을 뚫고 올라오는 쑥을 캐고 향이 좋은 취나물을 뜯고 고사리를 꺾고 두릅을 따면 한 끼 반찬은 충분하다. 지천에 널려 있는 나물들은 먹을 만큼씩 따오면 되는 것이다.

산에서 갓 따온 나물들로 늦은 식사를 하는 저녁, 병철은 '왜 나는 움막집에서 몸서리치는 외로움을 겪어야 하는가. 왜 내 인생은 원활하게 풀리지 않는 길을 혼자서 걸어가야 할까?' 자신을 위해서 따뜻한 밥 한 끼 차려줄 우렁각시는 언제쯤 나타날까. 그런 공상과 함께 못난 자신을 향해 푸념 아닌 푸념을 했다. 그렇다고 자신을 학대해서는 안 된다. 비록 허름한 집에서 살고 있지만 근심걱정 없이 농사일에 매진하고 산속생활을 즐기고 있으니까 행복하다고 느낄 때가 훨씬 더 많았기 때문이다. 뿌린 대로 거두는 정직한 땅, 매일 농사일을 반복하면서 산다는 것이 고행이 아니라 즐거움이다 여기면서.

산등성이에 봄기운이 찾아들기 무섭게 삿갓배미 논두렁을 지나 병철의 움막집 옆길을 지나치며 산에 오르는 사람들이 많다. 봄철에 새싹을 틔우는 자연산 나물을 캐고 뜯기 위한 사람들의 행렬이다. 대부분이 여자들로 비닐봉지를 챙겨들고 두서너 명이 어울려 산을 오르지만 가끔은 여자 혼자서 대담하게 산길을 오르내리는 경우도 있다. 울긋불긋한 옷을 입고 봄나물을 캐러오는 여인들을 보면서, 저 많은 여인 중에 혼자 살아가는 쓸쓸한 농부에

게 따뜻한 밥 한 끼 해줄 우렁각시는 없을까 하
고…….

병철이 움막집 마당에서 모판을 준비하고 있는데
젊은 여인이 혼자 산을 오르고 있었다. 등산복 차
림으로 나물을 담기 위한 비닐봉투를 허리에 두르
고 무엇인가 깊은 생각에 빠진 듯한 여인은 가끔
먼 산에 눈길을 주면서 산자락을 걸어간다. 저 여
인은 왜 혼자 산에 오를까? 갓 서른을 넘겼을까.
조그마한 키, 알맞은 살집의 여인은 며칠째 움막집
옆을 지나 산에 오르곤 했다. 그러던 어느 날, 산행
을 하던 여인이 갑자기 병철에게 다가와 말을 걸어
왔다.

"아저씨, 저 산 어디에 가면 두릅을 많이 딸 수
있어요?"

"왜, 두릅만 따고 다른 산나물을 뜯지 않나요?"

"아니요, 고사리도 꺾고 취나물도 뜯고 쑥도 캐
고 닥치는 대로 채취하고 있어요."

"두릅은 산길을 쭉 오르다가 왼쪽으로 돌아가면

평평한 곳이 나타나요. 그곳에 가면 많이 딸 수 있어요."

"예, 고맙습니다."

"아주머니, 산에 널려 있는 것이 나물이니까 많이 뜯어가세요."

병철이 일러준 방향을 따라 여인은 다시 산속으로 들어갔다. 노총각 가슴속에 잠깐이지만 여인의 따뜻한 체취를 남긴 채 그렇게 사라진 것이다.

움막집에 혼자 살면서 때때로 거센 파도처럼 휘몰아오는 외로움, 고독함과 싸워야 했다. 그것은 자신이 결코 혼자서는 물리칠 수 없는 상대와 날밤 꼬박 새우며 치르는 지루한 싸움이 되기도 했다. 산나물을 캐러온 여인과 말을 주고받은 뒤부터인가. 지쳐 잠든 꿈속에 그 여인이 자주 나타났다. 방긋 미소 띤 얼굴로 병철 쪽에서 무엇인가 말을 하려는 순간 신기루처럼 사라지던 여인. 잠을 깼다가다시 들면 또다시 나타나던 그녀.

이후 산나물을 캐러 산에 오르는 여인들을 흘끔

흘끔 기웃대는 버릇이 생겼다. 다시 와서 말을 걸어오지 않을까? 은근히 기대하는 마음이……. 또다시 만난다면 용기를 내서 꼭 물어보리라. 왜 혼자서 산길을 오르내리면서 산나물을 캐고 다니느냐고. 무엇인가 서글픈 사연이 있을 것 같았다.

 나흘째 되던 날, 드디어 홀로 움막집 곁을 지나가는 그녀를 만났다. 너무 반가웠다. 아니 꿈속에서 자주 만난 탓인가? 그에게 어느새 가까운 존재가 되어버린 여인, 그 여인이야말로 병철의 오랜 외로움을 달래줄지도 모른다는 생각마저 들었다.

 "아주머니, 오늘도 산나물 캐러 가시나요?"
 "예, 몸이 아파서 며칠 못 왔어요. 오늘은 괜찮을 것 같아서 등산도 할 겸 왔습니다."
 "집은 허술하지만 들어와서 잠시 차 한 잔 하고 가실래요?"
 "들어가도 될까요?"
 '아이구, 이리 고운 분을 마주하고 차를 할 수 있

다면 외려 제가 영광이죠.' 여인을 향해 금방이라도 터져 나오려는 말 아닌가. 행여 여인에게 들킬 세라 입속에 고이는 침을 얼른 삼켰다. 어찌 할 바를 모르고 허둥대는 순박함에 끌린 것일까. 여인도 경계를 하지 않아 다행이었다.

어쨌든 마음이 서로 잘 맞았던지 여인을 집안으로 들이는 데 성공한 그는 마음이 날아갈 듯이 기뻤다. 그러고 보니 지금까지 살아오면서 여자와 한 집에 같이 있어 보기는 처음인 것 같았다.

"앉으세요. 누추하지만."

"괜찮네요. 겉보기는 허술해도 집안은 잘 정리해 놓고 살고 계시네요."

"혼자 살고 있으니까요."

어째서 유독 혼자라는 말에 힘이 들어가는 것일까. 정체를 알 수 없는 부끄러움에 병철은 더 이상 말문을 열지 못했다. 어색한 침묵을 깨려 지난해 거두어둔 고구마를 내놓았다.

"고구마 드세요. 깎아먹으면 맛있어요."

"고구마는 잘 썩기 때문에 보관하기 힘들 텐데 어떻게 이렇게 싱싱하게 보관하셨어요."

"시골에 오래 살다보니까 안 썩게 보관하는 방법을 저절로 터득하게 되더라구요."

"잘 먹겠습니다."

이 여인이 왜 혼자서 산을 오르는지 궁금했다. 분명 여인의 가슴에는 말 못할 사연이 쌓여있을 것 같았다.

"아주머니는 왜 혼자서 산나물을 캐러 다니세요."

"궁금하세요?"

"알고 싶어서요."

따뜻한 차 한 잔의 효력일까. 여인 자신도 역시 물어주기를 기다리고 있었다는듯 살아온 이야기를 꺼내 놓기 시작했다. 집에서 가출했다는 말로부터 살아온 인생길을 더듬어 나갔다.

결혼한 지 5년. 좋은 직장에 다니는 듬직한 남편과 처음에는 행복한 가정생활을 했다고 한다. 어느덧 둘 사이에 아들 하나를 둔 가정주부로써 남들이 부러워하는 결혼생활을 했는데 어느 날 갑자기 남편에게 새로운 여인이 생겼다.

그러면서 가정생활은 파국 속으로 빠져들어 갔더란다. 술만 먹으면 때리고. 쉽게 믿어지지 않겠지만 새로 생긴 여자를 데리고 들어와서 한쪽 팔엔 마누라를 다른 쪽 팔엔 애인을 두고 잠을 자기도 했다는 것이다. 여자로서는 도저히 참을 수 없는 일들이 날마다 이어졌다.

아내인 자신이 보는 앞에서 시앗과 뒹굴며 그 짓을 하는 꼴을 보고 있자면 정신마저 돌아버릴 것 같은 착란증에 빠지곤 했다는 여인. 때리는 것까지는 참는다하더라도 여자와 쌕쌕거리면서 더러운 행위를 서슴없이 하는 것을 보면 속이 뒤집혀서 살아갈 수 없더란다.

그런 인면수심의 행위를 저지르는 남편과 같이 한 지붕 아래서 산다는 것은 죽음보다 더 큰 고통이었기에 견디다 못해 무작정 가출해서 집이 있는 서울을 떠나오고 말았단다. 지금은 병철의 움막집 가까운 동네에 방 한 칸 얻어서 살고 있다고 했다.

병철은 여인이 측은했다. 어떤 대책도 없이 가출했으니 앞으로 살길이 막막하리라. 그는 여인에게 도움을 주고 싶었다.

"아주머니, 우렁각시 이야기 알고 계세요?"

"알고 있어요. 장가 못간 노총각 농부가 모내기를 하면서 한숨 섞인 말로 '이 농사지어서 누구하고 먹고 살지?' 하니까 어딘가에서 '나하고 먹고 살제' 하드라던 그 얘기 아닌가요."

"구전설화로 내려오는 이야기를 어떻게 알았어요?"

"아주 어렸을 적에 할머니 무릎에 누워 듣던 얘기예요."

"나하고 먹고 살제, 그 다음은 어떻게 되었나요?"

"그 뒤부터 총각 농군이 집에 들어가면 방에 밥

상이 차려져 있더래요. 얌전하게 상보를 덮어 놓
고."

"그 농군은 행복했겠네요."

"그러했겠지요. 하지만 얼마나 궁금하겠어요. 어
떤 여인이 그렇게 밥상을 챙겨놓는지."

둘 사이의 이야기는 시간가는 줄 모르고 이어졌
다. 노총각으로 혼자 살아온 자신에게도 이런 우렁
각시가 생겼으면 하는 마음으로 행여 끊어질 세라
조바심하며 얘기는 계속되었다.

"그 여인이 누군지는 알았대요? 엄청 궁금했겠네
요. 계속해보세요."

"노총각은 너무 궁금한 생각에 하루는 숨어서
그 여인을 기다렸대요. 밥 지을 시간이 되니까 밖
에서 어여쁜 여인이 방으로 들어오더니 밥을 짓고
반찬을 만들어 밥상을 차려놓고 나가는데 조용히
미행을 했더래요. 그 여인이 다랑이 논으로 가더니
물속의 우렁이 속으로 들어가더랍니다. 농부는 너
무 놀라서 정신을 잃었고요."

여인은 이야기를 계속했다.

"장가 못간 농부는 자기 자신과 약속을 했대요. 다음에 밥상을 차리러 오면 반드시 잡아서 같이 살겠노라고……."

다시 나타난 우렁각시가 총각 농군에게 잡혀 영원한 부부가 되어 일생을 행복하게 살았다는 이야기를 끝으로.

바깥엔 어슴푸레 밤이 찾아오고 있었다. 병철과 여인은 마음속일망정 둘 다 이미 가난한 농부와 우렁각시가 되어 가고 있는 환상 속으로 빠져들었던 것일까.

여인의 속마음이야 알 수 없지만 병철은 여인으로부터 희망을 찾고 싶었다. 삿갓배미 다랑논을 짓고 있지만 정직하고 성실하게 살아온 자기에게 하늘이 보내주신 아주 고귀한 선물이란 생각이 들었다.

그 여인이 자기의 희망사항을 들어주든 안 들어

주든 그것은 마음에 두지 않기로 했다. 인연이 된다면 꼭 이루어질 것이라는 확신마저 들었기에.

"아주머니, 갈 곳도 없으신 것 같은데 가난한 농군의 우렁각시가 되어주실 수는 없을까요?"

"저는 결혼을 해서 남편이 있습니다. 가정이 파탄 지경에 이르러 가출을 했지만."

"그럼 이렇게 하는 것이 어떠신지요. 우선 이 움막집에 오셔서 큰방에서 사시고 이놈은 저기 작은방을 쓸 테니까 다른 생각하지 말고 이곳으로 오세요." 애틋하고 간절한 마음을 담아 조심스럽게 말을 건넸다.

하염없이 침묵의 시간이 흐르며 여인은 깊은 생각 속으로 빠져들고 있었다. 결혼생활을 유지할 수 없을 정도로 가정이 깨졌고, 가출해서 갈 곳도 없는데 가난하게 살고 있는 총각에게 밥을 지어서 먹게 하고 삿갓배미 농사도 거들어 주면서 우울했던 가정을 잊어버리는 것도 결코 나쁜 일만은 아니라고 생각하는 것 같았다.

"아저씨, 이렇게 하지요."

"말해 보세요."

"제가 우렁각시처럼 살아볼게요. 그런데 한 가지 약속은 해주세요. 그 이야기처럼 그 쪽에선 내 이름도 그리고 나에 대한 더 이상의 것을 알려하지 마세요."

"고맙습니다. 꼭 그렇게 하지요."

그날 이후, 삿갓배미 다랑이 논들이 집 앞으로 푸른 정원처럼 펼쳐져 있고, 뒷산에는 소나무가 병풍처럼 둘러쳐진 이곳에서 두 사람은 외롭고 힘든 삶을 접고 하루하루 즐겁고 행복한 생활이 시작되었다.

2

계절은 봄에서 초여름으로 접어들고 있었다. 뒷
산의 소나무들은 새로운 싹을 연두색으로 틔어내
고 활엽수들도 진초록으로 나뭇잎의 색상들을 바
꾸어가고 있었다. 삿갓배미 다랑이 논에 심어 놓은
가녀린 벼들도 이제 땅의 힘을 받아 검게 물들어
가면서 총각 농군에게도 농사일에 얽매이지 않는
여유로운 시간들이 찾아왔다.

우렁각시와 한 지붕 밑에서 살게 된 세월도 제법
흘러 살포시 정이 들려고 하는 어느 날이다. 저녁
반찬거리를 만들기 위해 두 사람이 손잡고 산에 오
르며 무엇이 그렇게 좋은지 콧노래까지 부른다. 봄
에 열심히 꺾으러 다녔던 두릅 새싹도 이젠 억센

나무줄기가 되어 먹을 수 없기 때문에 더덕뿌리를 캐서 저녁상에 올려놓기 위함이었다. 그런데 뒷산 골짜기를 여기저기 다니면서 더덕줄기를 찾던 우렁 각시가 갑자기 비명을 지르며 뒤로 넘어지는 게 아닌가. 무엇을 보고 놀랐을까? 병철이 황급히 그녀 곁으로 갔을 때에는 다리에서 피가 흐르고 있었다. 넘어져서 흐르는 피가 아닌 것 같았다.

"어떻게 해서 피가 난다요."

"숲 풀 속에서 독사가 나와 물었어요."

"뭐라고요! 큰일이네 빨리 물린 곳을 내놔봐요. 잘못하면 죽어요."

병철은 피가 나는 발목을 혀끝으로 핥아냈다. 몸에 독이 퍼지기 전에 핏속으로 흘러드는 독을 빨아내야 하기 때문이다. 여인의 뽀얀 다리를 열심히 빨고 핥아내는 것이 그녀를 위험에 빠뜨리지 않는다고 생각하였다.

"병원에 가야 돼요. 내 등에 업히세요."

"아니에요, 괜찮을 것 같네요."

"그래도 뱀독이 몸에 퍼졌을지 모르니까 병원으로 갑시다."

그들이 병원에 도착했을 때는 서쪽으로 해가 넘어가면서 붉은 노을을 아름답게 물들이고 있던 시간이었다. 의사 선생님은 몸에 독이 퍼지지 않았으니 다행이라고 말했다. 밤이 어둑해져서 움막집으로 돌아온 그의 눈엔 그날따라 여인이 너무 예뻐 보였다.

우렁각시는 뱀에 물린 뒤로부터는 움막집 앞에 있는 작은 텃밭에 갈아놓은 상추와 고추 그리고 쑥갓 등 총각이 심어 놓은 반찬거리로 밥상을 차린다. 병철은 그녀와 같은 지붕 밑에서 산다는 것이 행복하다기보다는 불쑥불쑥 견디기 힘든 고통으로 다가오는 순간이 찾아오기도 했다. 아름다운 여자와 같은 방을 쓰지 않고 다른 방에서 생활하며 서로 간에 어떤 생각을 하고 있을까. 그녀의 의중이 자못 궁금해지기도 했다.

어느 날 아침, 작은 텃밭에서 찬거리를 만들기

위해 고추를 따고 있던 총각 농군이 방에서 식사 준비를 열심히 하는 우렁각시를 부른다.

"고추 담게 비닐봉지 한 장 가져와요."

"그냥 치마에 담아요. 받을 테니까."

"그럼 치마 벌려요. 고추 들어갑니다."

"염려 말고 넣어요. 준비 됐습니다."

영문 모를 누군가가 얼핏 흘려들으면 그저 평범한 말 아닌가. 하지만 여자와 남자로서 한참 물오른 두 사람에게는 은밀히 나누는 낯 뜨건 사랑의 유희였다.

고추를 따서 치마 쪽에 던지면서 하는 성적 뉘앙스가 물씬 풍기는 말에 여인은 웃음을 참지 못하고 하늘을 쳐다보면서 박장대소를 한다.

그날 밤, 각방을 쓰던 그들은 무엇엔가 홀린 사람들처럼, 정말이지 누가 먼저랄 것도 없었다. 어느 순간부터 서로를 격렬하게 원하고 있었던가. 누군가 먼저 규율을 깨트리며 합방해주길 원했던 것일까. 끌어안자마자 방바닥에 나뒹굴어 서로를 향해

돌진하던 실로 무서운 기세의 해일이었다. 그 첫 밤 그들이 내던 희열의 신음소리라니!

팔베개를 한 우렁각시의 열에 들뜬 얼굴은 너무도 행복해 보였다. 남녀란 누군가와 살을 맞대고 살아야 상대에게 깊은 정도 들고 정신건강에도 좋다는 사실을 알게 된 것이다. 인간으로서 누릴 수 있는 최상의 경지에 다다른 그 순간이 그들에게 찾아왔다.

그날부터 '거시기'와 우렁각시의 화신인 여인의 '머시기'는 환상 속으로 침몰해갔다. 남녀 간에 이뤄지는 육체적인 사랑은 그들에게 젊음을 주는 묘약으로 작용하는가.

"고추 넣어준 게 좋아?"

"좋아. 정말 좋아. 하늘을 나는 것 같네."

"난 구름 속을 헤매는 것 같은데."

이미 살을 섞어버린 그들은 어느 순간부터 서로의 말끝에 붙이던 거추장스런 존댓말도 잘라 버렸다. 힐끔힐끔 얼굴을 쳐다보면 그저 좋아서 콧노래가 나왔다.

　계절이 여름으로 접어들면서 따스한 햇살이 움막집 쪽마루를 아름답게 비추고 있었다. 삿갓배미 다랑이 논에 심어 놓은 벼들 사이로 피가 뾰족이 올라오는 것을 뽑아내면서 일 년 농사의 절반을 보냈다.

　가끔 움막 울타리를 타고 다람쥐가 곡예를 하듯 넘나들고 고라니가 숲속을 뛰어 놀다가 사람을 보면 슬쩍 뒤를 돌아보면서 긴 다리를 자랑하기도 한다. 그런 귀염둥이들과 친구가 되어 하루해를 넘기고 밤으로 움막집 옆의 웅덩이에 멧돼지들이 내려와 목욕을 하면서 꿀꿀거리는 노랫소리를 들으면 더 큰 행복을 느낀다.

　여름이 되면서 총각 농군은 여유로운 시간들이 많아졌다. 뒷산 숲속 편백나무 밑에 그물침대를 걸어놓고 우렁각시를 그네 태우듯이 밀어주며 이제 둘은 떨어져서 살아간다는 것이 힘들 정도로 깊은 정이 쌓여갔다. 바람이 불어오는 숲 속 여기저기를 거닐면서 사랑을 속삭이고 아무도 보는 사람이 없다 싶으면 그야말로 아담과 이브로 돌아갔다. 조물주가 만든 자연 속에서 황홀경을 만끽하곤 할 때가 많았다.

병철은 동물들의 종족 보존을 위한 몸부림을 떠올렸다. 토끼의 깜짝 교미, 전깃줄 위에서 펼쳐지는 참새들의 헐레 교미, 그 외 목격한 숱한 동물들의 본능에 충실한 짝짓기에 자신도 살짝 끼워 넣었다.

'거시기와 머시기'의 만남 뒤에 필연적인 피곤함마저 달콤했다. 틈만 나면 서로를 탐하며 두 사람 모두 꿀 흐르는 세월을 보내고 있었다. 숲속에서 즐기는 성관계, 소나무에 기대어 즐기는 성행위는 뭔가 새로운 맛과 기분이 들었다. 밤이 짧은 여름이면 움막집 위로 수많은 별들이 반짝거리며 두 사람의 깊은 사랑을 확인해 주지 않았던가. 별들이 들러리 서는 그런 밤이면 시간 가는 줄 모르고 서로의 삶에 대한 이야기를 주고받았다.

서로 살을 섞어 버린 뒤에는 부끄러움도 없어지고 모든 행동이 편하게 느껴지면서 체면치레, 그 벽이 허물어져 갔다. 한 예로 인간의 생리적인 현상, 방귀, 어찌 보면 고약한 냄새를 풍기는 현상을 숨겨야 하는데 서로 한 몸이 되고 보니 그 벽이 허물어진 것이다. 부부간에도 방귀를 트기까지는 꽤 오랜 시간이 흐른 뒤에야 가능하다. 한 이불을 덮어도 오랜 시간이 지난 뒤에야 갈등을 해결하기 때문이다.

남녀 간의 벽이 허물어진 성관계는 정신적인 사랑과 육체적인 사랑을 동시에 해결해준다. 쾌감을 느끼기 위해서 입속과 목덜미 그리고 젖가슴과 계곡으로 꿀이 흐르듯이 황홀함 속으로 빠져드는 마약 같은 존재다.

병철과 우렁각시의 사랑이 깊어가면서 세월도 부지런히 흘러가고 있다. 벌써 가을이 찾아온 것이다. 뒷산에 떨어진 밤을 줍기도 하면서 자연의 선물인 풍성한 수확을 한다. 숲속에는 빨간 감이 열리고 한 그루밖에 없는 돌배나무는 많은 열매를 푸짐하게 가꾸어놓았다. 거기에 사람들의 몸에 좋다는 꾸지뽕 열매는 뾰족한 가시로 무장한 줄기 사이로 둥그스름하게 새빨간 색으로 열린다. 나무를 타고 기어 올라간 으름은 하얀 속살을 드러내놓고 있지만 너무 높은 곳에 매달려 사람들의 손이 닿지 않는다. 자연속의 열매들은 인간이 먹고 남기면 새나 동물들의 먹이가 되거나 자연으로 돌아가는 것이 우주의 법칙인 것이다.

낮 시간이 가장 길다는 하지가 지나고 밤이 노루꼬리 만큼씩 길어지는 가을, 총각 농군은 추수를 하기 위해서 많은 시간을 삿갓배미 다랑이 논에서 보내야 했다. 논두렁에 심어놓은 콩도 수확을 해야 되고 움막집 옆으로 조그마한 밭에 갈아 놓은 고구마도 거두어 드릴 때가 된 것이다. '거시기'와 '머시기' 역시도 바쁜 농사일만큼 바쁘고 또 바빴다. 밤이면 밤마다 그들을 빠트리던 욕망의 우물 속은 언제나 깊고 아늑했기에.

어느 날, 힘들게 일을 끝내고 우렁각시가 차려놓은 밥상 앞에 앉아 있는 총각, 오늘도 어김없이 서로 얼굴을 마주하며 고된 노동일을 위로 한다. 일 하느라고 고생이 많았으니까 피로를 풀어줄 재미있는 이야기를 해주겠다는 그녀, 그런 여인이 병철은 어찌 사랑스럽지 않겠는가.

"재미있는 이야기 들어볼래요?"

"무슨 얘긴데?"

"옛날 어느 시골에 성질머리 고약하고 난폭한 이장이 있었대요. 그 마을에 동네 총각과 결혼을 앞둔 처녀가 살았는데 첫날밤에 성관계를 하면 아프니까 '질'을 크게 해야 통증을 느끼지 않고 그 일을 할 수 있다면서 반강제로 처녀성을 빼앗아 버렸대요. 처녀성을 빼앗긴 여인은 결혼식을 올리고 첫날밤에 어떻게 처녀라는 것을 증명할 것인가 고민에 빠졌더랍니다. 깊은 고민 속에서 생각해 낸 것이 빨간 잉크였대요. 호롱불이 꺼지고 첫날밤을 달콤하게 치른 뒤 빨강 잉크를 이불에 뿌렸는데 아침에 일어나보니 파란색 잉크가 뿌려져 있더랍니다. 옛날 시골집에는 책상 위에 언제나 파란색 잉크병을 놓고 살았어요. 그것을 모르고 파란 잉크병 옆에 빨강 잉크병을 놓아두었던 것이지요. 첫 번째 부부관계를 가진 후 신부는 엉겁결에 파란 잉크병을 가져다가 하얀 이불 위에 찌끄러 버렸대요. 새 신랑에게 덜미를 잡힌 신부는 일생동안 꼼짝 못하고 잡혀 살았답니다."

순진한 총각은 마음이 착잡했다. 이런 이야기를 듣고 웃어야 할지, 인생은 실수의 연속이라고 하던데 과연 신랑에게 약점 잡힌 그 신부가 잘 살아갈 수 있었을까?

"왜, 이야기가 재미없어요?"

"아니에요. 재미있긴 한데 그럴 수도 있을까요?"

"사람들이 살면서 삶에 대한 재미있는 이야기들이 많이 있지요. 특히 인간의 기본적인 욕구 성에 대한 이야기는 재미스런 것들이 많아요."

"자기는 그런 이야기들을 어디서 들었어요?"

"동네 미용실에 가면 나이 먹은 아주머니들이 심심풀이로 하는 이야기들인데 웃긴 게 많아요."

"또 하나 해드릴까요?"

"해봐요."

"회사 일을 하던 아저씨가 제주도로 출장을 가다가 배가 침몰하면서 죽었대요. 남편의 시신을 건져 놓고 보니까 거시기가 없더랍니다. 상어가 거기만 잘라 먹은 거죠. 시신을 본 부인이 울면서 '살았어도 나 못살아.' 하더랍니다. 인간의 성적인 본능, 남녀 모두에게 어찌할 수 없는 생리적 욕구이기 때문이겠지요. 식욕과 성욕은 인간의 두 가지 기본적인 욕구라고 하데요."

그녀는 계속해서 무엇인가를 열심히 지껄이고 있었다.

방앗간이 오래되면 방아코가 닳아 못쓰게 되면서 폐업 하듯이 사람도 몸속에서 호르몬이 생성되지 않으면 인생도 폐업을 해야 된다면서…….

3

세월이 너무 빨리 흘러 가을에서 겨울로 접어들었다. 삿갓배미 논에서 추수도 마치고 움막집 앞의 조그마한 밭에서 고구마도 캐서 작은 방 구석에 썩지 않도록 갈무리를 해 두었다. 그리고 겨울 내내 먹어야 할 김치도 맛있게 담가서 땅속 김칫독에 묻어 두고 눈이 많이 내리는 겨울을 지내기 위해 만반의 준비를 끝마쳤다.

산에 열린 돌배와 꾸지뽕, 하얀 속살을 드러낸 으름을 따서 약술도 담갔다. 담가놓은 술이 익으면 내년 농사철에 힘들게 일하고 고단한 몸을 달랠 수 있을 것이라는 기대감으로.

어느덧 12월이 거의 지나갈 무렵 병철의 움막집

에는 매일 함박눈이 펑펑 내리고 있었다. 그렇게 하얀 눈이 앞을 볼 수 없도록 많이 내리면서 산 속 동네 가는 길이 막히고 말았다. 이제 꼼짝 못하고 집에만 갇혀 있어야 하는데 걱정이 생긴다. 우렁각시와 어떻게 긴긴 겨울밤을 재미있게 보내야 할까 고민이라면 고민인 겨울.

사실 겨울이 되어 눈이 많이 오면 어디에도 돌아다닐 수 없고 사람이 움직이지 못했다. 그런 날이면 우렁각시와 서로간에 지난 일을 이야기하는 것이 즐거움이었다.

가정생활이 너무 힘들었던 시기, 조금 가난하게 사는 것은 참을 수 있지만 남편에게 얻어맞고 모르는 여자를 데리고 들어와 시시덕거리는 것만은 참을 수가 없었다. 결국 가정을 버리고 가출하고 말았지만 세월이 흐르다보니 악독한 신랑과 자신의 뱃속에서 10개월을 견뎌 태어난 자식이 그리웠다. 우렁각시로 살아온 지도 벌써 열 달이 지나고 있었다. 그동안 즐거움도, 행복함도 가끔 느꼈지만 어딘가 허전하게 느껴지는 것은 서울에 있는 가족 때문이었으리라.

지난해 쏟아졌던 하얀 눈이 채 녹지 않고 그대로 남아선가. 까닭 없는 서글픔이 우렁각시의 속마음을 아프게 파고들었다. 동지가 지나면서 긴긴 겨울밤은 사랑과 환희, 황홀경 속에서 밤을 지새울 때가 많았지만 그래도 마음 한 귀퉁이에는 채워지지 않는 허전함이 자리 잡아 그 범위를 넓혀가고 있었다. 여전히 동장군의 기세에 눌려 봄의 발걸음이 머뭇대던, 겨울의 끝자락이던 밤. 저녁밥상 앞에서 병철은 우렁각시와 농담을 하고 싶었다. 평소 혼자 살면서 옷을 홀랑 벗어 버리고 살아왔던 시절이 그리워서였을까?

"우리 밤에 자면서 옷을 입지 않고 자는 것, 어떻게 생각해요? 인간이 원시생활을 했던 아주 옛날에는 옷을 입지 않고 살았다고 하던데……. 홀랑 벗은 몸으로 보름달이 환하게 비추는 밤에 춤이라도 춘다면 보는 사람들이 미쳤다고 하겠지요?"

우렁각시의 표정을 살피면서 평소처럼 하고 싶은 말을 스스럼없이 이어 나갔다.

"옷을 벗고 자면 거칠 것이 없어서 편하고 건강에도 엄청 좋대요."

"혼자 홀라당 벗고 자든지 알아서 해요. 나는 입고 잘 테니까."

그날따라 우렁각시의 기분이 별로 좋지 않은 것 같았다. 옷을 벗고 자면 무슨 큰일이라도 벌어진다는 것인지. 움막집 창밖에선 겨울의 싸늘한 별빛이 눈치 없이 그들의 방을 기웃대며 흐르고 있다.

보름달은 저만큼에서 밝은 빛을 발산하면서 병철과 우렁각시의 대화를 엿듣다가 민망하기라도 한 것처럼 구름 속으로 쏙 숨어 들어갔다가 다시 얼굴을 삐죽이 들이밀고 창문을 밝게 비추어 준다.

어색한 시간이 흐르고 있었다. 우렁각시에게 잠이 찾아왔는가. 병철의 팔을 잡아 당겨 팔베개를 한다.

병철은 그대로 잠이 들려는 우렁각시를 위해 분위기를 바꾸고 싶었다. 아직은 깊은 밤이 아니었기 때문에 무슨 이야기든 자신이 알고 있는 유머 섞인 이야기를 동원해서 그녀의 마음을 즐겁게 해주고 싶다는 생각이 들었던 것이다.

"자고 있어요?"

"아직 안 자요."

"그럼 내 이야기 들어봐요. 재미가 있을지 모르겠지만."

그의 이야기는 시작되었다.

"50년을 살아온 늙은 부부가 있었대요. 어느 날 밤, 남편이 급사했는데 초상을 치르기 위해 준비를 하고 시신을 나무 관에 넣었대요. 그런데 남자의 거시기가 수그러들지 않고 꼿꼿하게 살아서 관 뚜껑을 닫을 수가 없더래요. 답답한 부인은 신부님께 간청하여 거시기를 잠들게 해달라고 했지만 신부의 간절한 기도에도 아무런 효과가 없더래요. 이번에는 목사를 불러 부탁했지만 역시 별다른 효과가 없

어 지나가는 스님에게 간곡하게 부탁을 했대요. 그
스님이 관 옆으로 가서 조용히 염불을 하니까 거시
기가 풀 죽은 듯이 살며시 내려 앉아 장례를 무사
히 마쳤답니다. 부인이 생각해 보니 너무 신기해서
그 스님에게 비결을 물었대요. 스님 말씀이 '본처
온다'를 세 번 주문처럼 외우니까 그렇게 되었다고
하면서 50년을 넘게 살았으니 부부관계가 얼마나
지긋지긋했겠느냐는 말을 남기고 어딘가로 사라지
더랍니다."

"그럼 부부가 오래 살면 다 그렇게 되겠네요."

"그야 알 수 없지요 사람마다 모두 다르니까요."

우렁각시는 조용히 상념에 잠겼다. 남자들이란
오랜 기간 부부생활을 하면 그 권태감에 누구나
새 여자를 갖고 싶어 하는 걸까. 죽은 사람의 거시
기 이야기를 들으면서 병철의 품속을 파고들었다.
여자란 남자의 가슴에 안겨 있을 때가 가장 행복
한 순간이라고 스스로 위로하면서. 지금까지 움막
집에서 둘이 살아온 것이 꿈같이 행복한 세월이었

다는 것을 새삼 느꼈다. 병철은 참으로 고마운 사람으로 우렁각시와 합방하면서 꼭 한 가지 자기 자신과 약속을 했다고 한다. 그녀의 배란기에는 거시기와 머시기의 결합을 삼가하기로 다짐을 한 것이다. 어쩌면 그것은 만일의 사태에 잉태할 또 하나의 불행의 씨앗을 만들지 않겠다는 의지에서 비롯된 것이었으리라.

드디어 기세등등하던 겨울도 풀 죽어 물러나면서 먼 산에서부터 봄기운이 느껴지기 시작하는 어느 날이었다. 우렁각시는 아침 밥상을 차려놓고 늦잠을 즐기는 그가 일어나기만을 기다리고 있었다. 하지만 좀처럼 깨어날 기미를 보이지 않는다. 지난밤 너무나 절정의 행복함을 맛본 탓일까? 그것은 우렁각시가 남자에게 최고의 밤을 만끽하는 서비스를 해주었기 때문이다.

해가 중천에 떠올라 왔을 때 부스스한 옷차림으로 잠에서 깨어난 총각과 우렁각시는 밥상 앞에 앉아 서로를 마주보면서 슬며시 미소를 지어 보인다. 병철이 어찌 알았으랴. 어젯밤 그처럼 달콤했던 사랑을 이제 다시는 맛볼 수 없게 된다는 것을.

감았던 눈을 비비고 머리털을 긁적거리며, 꿈속에서 우렁각시와 한바탕 깊은 사랑을 하고 행복에 젖어 일어났지만 어딘지 모르게 가슴 한구석에 허전한 마음이 들었다. 평소에 우렁각시와 함께 식사를 하던 안방에 상보로 덮인 밥상이 차려져 있는데 차린 사람은 보이지 않았다. 어디 갔을까? 불길한 예감이 들었다. 어제 뒷산에서 여러 가지 봄나물을 캐고 따고 꺾어 왔으니 아침 일찍 산에 갈 일은 없었다.

상보를 걷었다. 거기에는 취나물을 무치고 고사리나물과 두릅 등 산림에서 나오는 온갖 나물로 요리를 하여 밥상 위에 차려 놓았다. 그리고 땅속 깊이 묻어둔 김치를 꺼내놓고 된장을 넣어 끓인 쑥국은 향긋한 냄새를 풍겼다. 그야말로 침이 삼켜질 만큼 진수성찬이 차려져 있는 게 아닌가, 그런데

밥그릇 밑에 삐죽이 나와 있는 조그마한 쪽지가 가슴을 덜컥 내려앉게 했다. 무슨 사연이 있기에 쪽지를 남기고 사라진 것일까? 손이 발발 떨리고 있었다. 이내 그는 가슴이 찢어지는 아픔 속으로 빠져 들었다.

"병철 씨, 나는 당신과 일 년 동안 같이 살면서 마음속에서 우러나오는 진정한 사랑을 하지 않았습니다. 정신적으로나 육체적으로나 열정적으로 사랑을 해야 진정한 사랑이라고 할 수 있는데 서울에 있는 잔인한 신랑과 두고 온 자식을 생각하면서 당신에게 깊은 정을 드리지 못하고 쾌락에 얽매인 육체적인 사랑만 했습니다. 그러니 온전하지 못한 절반의 사랑만을 당신에게 드린 죄인입니다."

병철은 좁은 어항 속에서 부족한 산소에 숨을 헐떡이며 헤엄치고 있는 물고기와 흡사한 기분이 들었다. 그동안 얼마나 행복했는데 그 황홀한 꿈이 깨어나기도 전에 훌쩍 떠나버린 그녀가 한없이 원망스러웠다.

편지는 계속 이어지고 있었다.

"당신의 삿갓배미 농사짓는 모습이 너무 좋았고, 그동안 나눈 육체적인 사랑은 정신을 잃을 정도였지요. 내 생애 못 잊을 뜨거운 추억만을 남겼습니다. 당신과 살면서 행복했던 순간들을 마음속에 고이 간직하고 눈물을 뿌리며 이 우렁각시는 차마 떨어지지 않는 발길을 돌리며 당신 곁을 떠납니다. 남은 인생 부디 좋은 사람 만나 행복하게 살아가기를 두 손 모아 빌겠습니다."

우렁각시가 훌쩍 집을 떠난 뒤 식욕도 잃어버리고 밤잠을 이룰 수가 없었다. 그녀와 함께 했던 행복했던 순간들, 삿갓배미 다랑이 논들을 지으면서 얼마나 즐거웠던가? 농군으로 그동안 정직하고 우직하게 살아온 세월의 보답이라고 생각되었던 날들이었다. 이렇게 달콤한 꿈은 영원히 깨어나지 않았으면 하는 마음이었건만. 늘 불안해 했던 생각들이 현실이 되고 말았다.

우렁각시를 꼭 한 번만 다시 만나보리라고 마음
먹었다. 그녀는 분명 서울에 있는 남편과 자식을
찾아갔을 것이라고 생각되었다. 그녀가 황홀경에
빠졌을 때 집이 어디냐고 넌지시 물었던 기억이 났
다. 단물 뚝뚝 돋는 감미로운 말로 소곤거리듯 이
야기 해준 그녀의 서울 집 주소다.

그는 지금 서울시 도봉구 창동 산동네 마을 단
독주택이 즐비하게 서 있고, 복잡하게 얽힌 좁은
골목길 끝집 앞을 헤매고 있다. 죽어서도 잊지 못
할 우렁각시를 꼭 한번만이라도 만나보기 위해서
다. 서울이라는 곳은 태어나서 와본 적이 없는 곳
아니던가. 생면부지 낯선 곳을 주소쪽지 하나 달
랑 들고 어슬렁대는 자신의 신세가 한심스럽기도
했다.

하루, 이틀, 사흘. 산동네의 구불구불한 골목을
헤맨다는 것은 결코 쉬운 일이 아니었다. 사흘째
되던 날, 눈에 익은 한 여인이 남편과 어린아이를
데리고 외출하는 것을 목격했다. 그 자리에 얼어붙

은 채 넋조차 잃어버리게 만든 여인. 그녀가 바로 우렁각시였다. 하지만 단 한 발짝도 가까이 다가갈 수 없다는 현실이 너무도 가슴을 아프게 했다. 그녀는 만면에 미소를 띤 더없이 행복한 여성이 되어 있었다. 그동안의 모든 잘못을 용서하고 남편과 다시 결합한 듯 그녀의 얼굴 어디에서도 불행의 그림자는 찾아볼 수 없었다.

가까스로 정신을 수습한 병철은 몸을 피했다. 담 옆 전신주 뒤에 숨어서 그들이 정답게 걸어가는 것을 보면서 얼굴이 백지장처럼 창백해졌다. 시뻘겋게 달군 쇠꼬챙이로 마구 후빈 듯 찢어지게 아파오는 가슴을 움켜잡으며 그 자리에 주저앉고 말았다. 그녀는 지나가면서 무심한 눈길로 병철을 쳐다보았던가. 아니 눈길조차도 주지 않고 생면부지의 사람을 쳐다보듯 지나가 버렸던가. 저 여인이 그토록 냉정한 인간이었던가? 일 년이라는 행복했던 순간은 깡그리 지워버리고 새로운 삶을 시작한 그녀가 미웠지만 어쩌랴!

그날 단 한시도 잊을 수 없었던 우렁각시를 먼발치로나마 바라보는 것만으로 만족해야 했던 총각 농군, 너와 나, 원초의 가시내와 머시마가 되어 할 말 못할 말 가리지 않고 서로의 맨살을 맞부비며 할 짓 못할 짓 거리낌 없이 나누며 살았던 그 일년! 이제는 한 뭉텅이 불덩이로 가슴에 박힌 그 세월은 비몽사몽간에 꾼 봄꿈, 병철의 일장춘몽이었더란 말인가. 봄을 맞은 산골짜기의 삿갓배미는 무채색으로 나른한 기지개를 켜고 있었다.

그리움, 이슬로 머물고

병풍처럼 펼쳐진 장성읍내

제봉산 아래 중앙초등학교, 학교가 높은 곳에 위치하고 있어 발 아래로 읍내 마을들이 그림처럼 펼쳐져 보인다. 흔히 전원(田園)이라 불리는 시골 풍경에 어울리게 때 묻지 않은 순박함을 그대로 간직한 채 살아가는 사람들이 옹기종기 모여 사는 곳이다. 장작불 난로 위에 도시락을 올려놓고 점심시간이 되기만을 기다리는 동절기, 아이들도 동심의 세계에서 즐거운 날들을 보내고 있었다. 폭설이 쌓이면 새하얀 숫눈길을 가르며 제봉산에 올라 경사진 산자락을 그대로 미끄러져 내려오던 즐거움, 우리네 삶에도 언제나 즐겁고 밝은, 그런 날만 있으면 좋으련만.

그때 그 시절에는 왜 그리도 가난하게 살았는지 도시락을 가져오지 못한 학생들은 텅 빈 운동장을 부질없이 돌고 돌면서 배고픔을 잊어야 했다. 너나없이 살림이 어려웠던 그 시기였건만 그래도 동심의 세계는 아름다운 추억들로 장식되었고, 가난을 불행으로 여기지 않던 순진한 어린 학생들은 궁핍함 속에서도 즐거운 마음으로 학교생활을 할 수 있었던,

6·25 전쟁 직후의 사회상이었다.

시골 학교이기 때문에 학급이라야 난초와 매화라는 이름의 두 개 반이 있었고, 책상 하나에 남자와 여자 짝을 지어 같이 앉았던 마치 구수한 옛날이야기 닮은 풍경들이 가끔씩 마음속의 그리움으로 되살아나 더없이 아름다운 추억 여행으로 이끄는 것이다.

서로 짝꿍이 된 아이들은 천진난만한 학교생활을 하면서 때로는 어린 가슴 속에 미묘한 감정이 싹트기도 했다. 수철과 정현 역시 마찬가지였다. 우연한 인연으로 서로의 짝꿍이 되어 가끔은 조그마한 엉덩이를 부딪쳐 가벼운 다툼도 있었고, 때로는 얼굴과 머리가 맞닿아서 그 어색함에 멋쩍은 웃음을 짓기도 하면서 6학년의 절반을 보내고 있었다. 둘은 언제나 공부를 열심히 하면서 상대방의 마음을 이해하려고 노력했다. 가끔씩 서로의 마음을 헤아리기도 하고 노력해서 좋은 학교에 진학해야 한다면서 가슴속에 맺힌 정을 숨기지 않고 드러내기도 했다. 이제 곧 초등학교 졸업시기가 다가오면서 장래를 걱정하는 날들

이 머릿속에 그려지고, 그런 앞날을 어떻게 헤쳐 나
갈 것인가 조급하게 생각할 때가 많아졌다. 그것은
미래의 불확실한 진로의 문제 때문이었다. 그럴 때마
다 그들은 서로를 배려하려고 애썼다. 시험이라도 보
는 날엔 한 책상에 앉아 열심히 공부하는 짝꿍이 다
른 친구들 보다 점수를 잘 받기를 마음속으로 빌어
주곤 하였다.

"정현아, 오늘 시험 잘 봐."

"그래. 수철이 너도 잘 해. 우리 함께 좋은 점수 받
을 수 있도록 하자."

이렇게 서로에게 힘이 되어 주는 마음을 가지고 6
학년의 마지막 달을 보내고 있었지만 어딘지 모르게
초등학교 시절을 함께 겪은 벗으로서 서로에게 미련
이 남는 일들이 많았다.

수철은 하늘의 별들이 유난히도 반짝거리는 밤에
는 정현의 집 근처를 서성거리며 그녀를 생각하였다.
혹시 정현이가 결석이라도 하는 날에는 마음이 불안

해서 어찌할지 안절부절못하면서 하루해를 보내곤 했다. 그렇게 6학년이 훌쩍 흘러갔다. 졸업식 날 재학생과 졸업의 노래 마지막 절을 합창하며 석별의 정을 아쉬워해야 했다.

"앞에서 끌어주고 뒤에서 밀며 우리나라 짊어지고 나갈 우리들 냇물이 바다에서 서로 만나 듯 우리들도 이다음에 다시 만나세."

이제 헤어진다는 마음에 가슴이 찡해오면서 울컥 울음이 나왔다. 여기저기서 훌쩍 훌쩍 눈물을 훔치고 있었다. 그때만 해도 따뜻한 정의 파도가 물결치던 때다. 마침내 수철은 짝꿍이었던 정현이와 6학년의 마지막 인연을 마쳐야 하는 날이었다. 정현의 손에는 한 아름의 꽃다발이 들려 있었다. 우등상과 개근상을 모두 거머쥔 그녀의 얼굴에 수심이 가득한 이유는 무엇일까? 그녀가 진학하는 학교도 명문 중학교인데 왜 그녀는 우울한 눈빛으로 수철을 바라보고 있는 것일까?

"수철아, 우리 둘 훌륭한 사람이 되어서 다시 만나

자."

생각지도 않았던 말을 정현이가 쏟아냈다. 초롱초롱한 눈에 눈물을 가득 머금은 채로.

"정현아, 너와 내가 짝꿍이 되었던 중앙초등학교 6학년 생활을 잊지 마."

수철은 그녀와 마지막 말을 이렇게 주고받으면서 헤어져야 했다. 우리가 언제쯤 다시 만날 수 있을까 하는 의구심을 가진 채……. 앙상한 나뭇가지에 영롱한 이슬방울이 마치 정현의 눈물방울처럼 슬프게 맺혀 있었다.

수철과 정현이 첫 해후를 한 것은 졸업 후 15년이 지난 뒤 처음으로 만난 초등학교 동창회에서였다. 이제 갓 말단 공무원이 되어 사회생활을 시작한 수철 앞에 나타난 정현! 그녀는 막 피어난 장미꽃처럼 어여쁜 여인이 된 것이다. 너무나 보고 싶고 궁금하기만 했었던 그녀, 정현은 행복해 보였다. 졸업식장에서 우수에 잠겼던 그 얼굴은 어디로 사라지고 웃는 얼굴에 명랑한 성격의 소유자로 변해 있었다.

"수철아, 너 지금 뭐하고 지내니?"

"말단 공무원."

"생활하기 힘들겠구나."

"괜찮아, 살아가는 데 별 문제 없다."

"결혼은 했니?"

"안 했어."

"여자 친구는 있는 거야?"

"없어. 형제들이 많아서 여자들이 시집 안 온대."

"그래. 안 됐구나."

"정현이 너는 결혼 했니?"

"결혼해서 행복하게 살고 있제."

"신랑은 무슨 일을 하고 있는 거야?"

"사업해. 제조업을 하는데 잘 되고 있어."

"결혼생활이 행복하겠구나."

"그래. 아주 행복해."

"수철아, 너도 앞으로 잘 되기를 바래."

"정현아, 고맙다."

수철의 속마음은 섭섭했지만 정현의 행복을 위해서 기도하고 싶었다.

"정현아, 언제까지나 지금처럼 행복하게 살기를 바란다. 지금 이 순간의 행복을 누려라."

정현에게 수철은 이런 말을 해주면서 어른이 되었다는 생각을 했다. 이제는 명실상부 떳떳한 사회인으로써 만난 것이다. 한 때는 서로를 위해 행복을 빌어주던 짝꿍 인연이었는데 서로 다른 인생길을 걷고 있는 것이 수철의 마음을 조금은 아프게 했다. 이윽고 동창회가 끝나고 서로가 헤어져야 할 시간이 되었다.

"정현아, 잘 가."

"그래. 너도 잘 살기 바래."

"신랑 잘 섬기고 행복하게 살아."

"수철이 너도 빨리 결혼해서 잘 살기를 기도할게."

동창회 내내 누구보다 쾌활하고 유난히 밝았던 정현이의 얼굴 때문일까. 지금 그녀는 아무런 불만 없이 너무나 행복하게 살고 있는 것 같았다. 수철은 앞으로도 그녀가 쭉 행복하게 살아가기를 바랐다.

수철은 이미 남의 아내가 되어버린 정현을 마음속에서 지워 버리고 잊어야 한다. 먼 옛날 짝꿍이었던 그녀, 가슴 속에 품었던 미묘한 감정을 떨쳐 버려야 한다고 생각했다. 오직 그녀가 앞으로 행복한 결혼 생활을 이어 나갈 수 있기를 바랐다. 때 맞춰 그녀의 앞날을 축복해 주는 듯 함박눈이 쏟아졌다.

정현과 헤어진 뒤 수철에게도 많은 변화가 있었다. 그는 공직 생활을 성실하게 하고 결혼을 하여 가정도 이루면서 나름대로 행복하게 살고 있었다. 세월은 유수처럼 흐르고 그의 나이가 오십이 되어 중년이 된 어느 날, 수철은 서울 출장 중이었다.

지하철 1호선 전동차에서 어쩐지 낯이 익은 여인을 만났다. 그녀는 허름한 옷과 등산용 모자를 눌러 썼지만 중년 여인 특유의 우아함을 잃지 않고 중소기업에서 생산된 생활용품을 싼 값으로 팔고 있었다. 형편이 어려워 쓰러져 가는 회사를 살리기 위해 직접 자기 회사에서 생산된 제품을 팔러 다닌다고 했다. 열심히 제품 홍보를 한 후 사람들에게 한 개씩 사 주시면 중소기업을 살리고 나라 경제도 좋아질 것이기 때문에 꼭 한 개라도 팔 수 있도록 도와주시면 고맙겠다는 인사말도 곁들였다.

여인의 얼굴을 찬찬히 뜯어보던 수철, 어딘가에서 본 사람처럼 느껴지는 그 여인은 비록 물건은 팔고 다니지만 몸에 배인 당당함 때문인지 결코 초라하지 않았다. 전동차 칸을 이리저리 다니면서 장사를 할 사람으로는 보이지 않는 품위를 풍기는 여인, 그녀의 인생길 어느 길목에서 마주친 뜻밖의 변고, 말 못할 무슨 사연이 있을 것 같은 그런 여인이었다.

그녀는 수철의 앞자리까지 와서 물건을 손님들에게 내밀며 절박한 표정으로 꼭 도와 달라는 얼굴을 하고 있었다. 그녀와 눈을 마주치는 순간 너무나 놀라고 말았다. 당장이라도 그의 입에서 신음이 터져 나올 것 같았기 때문이다.

순간 수철은 망설였다. 아는 체를 해야 할 것인지 모르는 체 하고 지나쳐야 할 것인지! 움칫, 하고 놀라

는 듯 보였던 그녀가 수철을 서둘러 지나치려고 할 때야 비로소 그는 깊은 생각의 수렁 속에서 벗어나,

"그거 한 개 주세요."

"예. 천 원입니다."

수철과 눈을 맞추지 않으면서 천 원을 받고 다른 손님 쪽으로 걸어가고 있는 그녀의 뒷모습에서 묵직한 아픔이 느껴졌다. 그렇게 행복하게 보였던 정현이가 왜 저런 모습이어야 하는지? 저 편으로 사라지는 그녀를 바라보면서 가슴 속에 맺힌 멍울이 갑자기 튀어 나올 것 같은 느낌으로 정신 상태가 몽롱해져 갔다. 일단 수철은 이런 이해할 수 없는 상황을 꼭 알아야겠다는 생각을 굳혔다.

물건을 팔기 위해서 전동차의 여러 칸을 돌아다니는 그녀의 뒤를 따라가면서 지난 날 초등학교 6학년 짝꿍시절을 반추해 보았다. 초롱초롱한 눈망울로 '수철아 앞으로 성공한 사람이 되라'고 격려해 주었던 정현이가 아니었던가. 한참을 그녀 뒤를 따르다가 전

동차에서 내리는 것을 보고 수철도 같이 내렸다. 그
녀는 매서운 눈보라를 맨 손으로 막으며 또 다른 전
동차를 기다리고 있었다.

"저 혹시 정현 씨?"

"왜 묻죠?"

"먼 옛날 중앙초등학교 짝꿍 생각나는지."

"이미 알고 있어요."

그녀와 나는 어릴 때 쓰던 반말 대신 존댓말을 쓰
고 있었다.

"그럼 우린 서로 아는 사이구면."

"수철이는 행복하게 살고 있어?"

그녀는 처음 수철이 물건을 살 때부터 이미 그를
알아보고 있었지만 불쑥 나서기에는 자기의 행색
이 궁상스럽다고 생각했는지 모른 체 하고 있었던
것이다.

"왜 이 지경이 되었니?"

"뭐가 어째서 그래. 나는 지금도 행복해."

수철은 그녀를 조용한 찻집으로 데리고 가서 그

동안 있었던 일들을 소상히 들어 보고자 했지만 입을 열지 않았다. 그녀는 자존심을 지키고 싶었던 것일까. 그저 옛날에도, 그리고 지하철에서 자기 회사의 재고 물건을 팔고 있는 지금도 여전히 행복하다고 한다. 그러나 수철은 정현이가 그동안 어떻게 살아 왔는지 꼭 알고 싶었고 알아야 될 것 같았다. 말하고 싶지 않은 과거를 끈질기게 설득하여 그녀의 입을 열도록 하는 것이 지금 그가 당면한 절실한 심정이었다.

정현은 마지못해 입을 열기 시작했다. 남편의 회사에서 물건을 만들어 납품을 했던 판매 담당 회사가 물건 값을 떼어 먹고 부도가 나는 바람에 공장 문을 닫게 되면서 자기의 행복은 끝났고, 지금 인생을 어렵게 살아가고 있다……. 그래서 이렇게 남아 있는 물건을 한 개라도 팔아서 먹고 사는 문제를 해결하고 더 나아가서는 공장을 다시 일으켜 보겠다는 일념으로 지하철에서 물건을 팔아야 한다고 했다. 가끔은 그런 현실이 부끄럽지만 어쩔 수 없는 최선의 선택이라는 말을 하면서 눈시울이 젖어가는 모습을 볼 때 어린 가슴에 남모르게 감추어 두었던 정만큼 뜨거운 눈물을 흘렸다. 무슨 말로 위로를 할까 적당한 용어가 생각나지 않았다. 오직 마음이 미어질 듯이 아파오는 느낌 말고는……. 더구나 지금 그로서는 정현에게 아무런 도움을 줄 수 없다는 사실이 안타까울 뿐이었다.

"수철아, 나는 지하철로 가야 돼."

"서울에서 일 보고 잘 내려가."

"정현아, 희망을 잃지 말고 살아라."

"언젠가는 행운이 너를 다시 찾을 거야."

"그렇게 되기를 바라고 있지만 어려울 것 같아."

둘은 점심식사를 같이하고 헤어지는 것으로 만족해야 했다. 무슨 기구한 운명이 그녀를 이렇게 만들었는지 마음이 아팠다. 사실 정현에게 꼭 해주고 싶은 말이 있었다.

'가을이 되어 낙엽을 떨쳐 버린 마른 나뭇가지에 봄이 되면 움이 트는 새싹처럼 희망을 가지고 반드시 일어서야 된다. 알겠지? 그리고 돈만 있다고 행복한 것은 결코 아니다. 마음이 넉넉해야 행복한 거지. 그랬다. 그 옛날 그녀와 꼭 한지붕 아래서 알콩달콩 사는 꿈을 꾸었으니까…….'

수철은 아무런 도움도 줄 수 없는 자신이 안타까울 뿐이었다.

가슴이 미어지는 것 같았지만 어쩔 수 없는 현실을 받아들여야만 했다. 어린 시절 동심 속에서 같은 짝꿍이 되어 인연을 맺었던 것이 세월이 흐르는 동안 만나고 헤어지고 하면서 그녀의 부유했던 시절과 이제 인생의 밑바닥을 헤매고 있는 극과 극의 상황을 보면서 세상살이의 무상함을 느꼈다.

'그녀에게 용기를 주소서. 예전에 당당함을 찾을 수 있는 용기를…….'

어느 날부터인가 수철에게는 새로운 습관이 생겼다. 정현이와 그렇게 헤어진 뒤 그녀가 오직 다시 일어설 수 있다는 희망을 가지고 잘 되기만을 틈만 나면 마음속으로 비는 버릇이었다. 일상생활을 평범하게 살아가는 수철이지만 그의 뇌리 속에 남아 있는 지하철 전동차에서의 정현의 애잔한 모습이 가슴 속에 응어리져 마음속에서 떠날 줄 몰랐다.

그렇게 옛 친구가 주는 아련한 아픔을 겪어야 했지만 인생이란, 세월이 주는 망각이라는 가혹한 선물에도 감사를 해야 할까? 차츰 정현의 모습은 수철에게서 잊혀져가고 있었다. 그래서 사람을 일러 망각의 동물이라고 했던가. 그녀와 만남 이후 세월이 얼마만큼 머나먼 시간의 언덕으로 흘러가버렸을까?

수철에게도 한파는 닥쳐오고 있었다. 사람들의 삶이란 항상 행복하고 항상 불행 속에서 살아가는 것은 아니기 때문에 행복과 불행을 번갈아 가면서 경험하고 늙어가며 더 많은 인생 공부를 하게 되는 것 같았다. 그러나 수철에게 찾아온 불행이라는 것은 정현의 불행보다는 훨씬 가벼운 것이라는 생각이 들어 어떤 시련도 견디어낼 수 있었다.

"그녀는 지금 어디서 무엇을 하고 있을까?"

"남편의 제조업 공장은 다시 재기 했을까?"

"어린애들은 모두 공부시켜 결혼은 시켰을까?"

모든 것이 궁금했다. 초롱초롱한 눈망울에 눈물을 가득 머금은 눈동자를 보면서 졸업식장에서 헤어져야 했던 사실이 너무 강한 그리움으로 남아 있어서 일까? 그녀를 생각하는 마음속의 그리움을 영원히 잊지 못하는 수철은 어린 마음에 자신이 생각했던 것보다 훨씬 그녀에게 마음을 빼앗기고 있었다는 것을 새록새록 느끼게 되었다.

지하철에서 정현을 만난 지 어느덧 스무 해 가까이 흘렀을까. 수철은 공직에서 퇴직을 하고 사업을 시작한 지 얼마 되지 않는 시기였다. 새로 시작한 사업의 성공을 기원하고자 전국의 사찰을 찾아 사업 번창을 위해 부처님께 보시하는 생활을 하고 다녔다. 사찰들은 대부분이 산속에 자리 잡고 있어 맑은 공기를 마실 수 있고 계곡에서 들리는 물소리를 들으면 마음까지 정화되는 곳이 사찰이기 때문이기도 하다. 울릉도의 대원사, 제주도의 관음사, 강화도의 전등사, 속초의 낙산사, 음성의 미타사, 합천의 해인사, 해남의 대흥사 등을 두루 돌아다니며 대웅전에 9배, 산신각에 3배를 정성들여 올리고 기와불사 등 하고 싶은 보시를 열심히 하였다.

되도록 큰 사찰보다는 깊은 산 속의 작은 절이나 암자를 찾는 것을 일상생활의 일부로 생각하던 때였다.

그렇게 사찰을 방문하여 사업이 번창하기를 기원하고 가족들의 건강을 위해 보시하면서 하루하루를 힘겹게 보내고 있던 어느 겨울 날, 눈이 녹아내린 진창길을 걸어 들어선 충청도 비구니들의 사찰에서 또 한번 충격을 받았다. 대웅전에서 목탁을 두드리는 비구니 스님! 어디선가 많이 보았다는 느낌이 드는 여인이 목탁을 열심히 두드리며 염불을 하고 있지 않는가. 그 모습에서 어릴 때 동심속의 그녀를 생각하게 되었다. 혹시 정현이가 아닌지! 너무나 비슷하게 생긴 비구니 스님의 옆모습을 보면서 수철은 자기의 눈을 의심하고 있었다.

20년 전 지하철에서 만났던 그 여인, 그리고 열세 살의 어린 나이에 졸업식장에서 헤어지고 사회에 나와 동창회에서 첫 해후를 한 여인, 그 정현이 스님이 되어 사찰에서 염불을 드리고 있는 것이다. 수철의 눈에 비친 그 여인은 틀림없는 정현이었다. 그러나 엄숙한 불당에서 비구니 스님에게 접근하기란 쉬운 일이 아니었다. 독경이 끝나면 만나 보아야겠다는 생각으로 법당 밖에서 기다리기를 두어 시간, 그렇게 오랜 시간이 흐른 후, 그녀는 웃음을 띤 얼굴로 내 곁으로 다가와서는 왜 이곳에 왔는지 묻는 것이었다.

"수철아, 무슨 일로 여기까지 왔니?"

그녀는 자신의 신분이 스님으로 바뀐 것을 전혀 어색해 하지 않은 채 태연하게 말을 던지고 있었다. 너무나 자연스러운 행동이었다. 어느 날 갑자기 비구니 스님이 된 자신 앞에 나타난 그가 도리어 의아했던 것일까? 수철의 머리만 뒤범벅이 되어 할 말을 잃었다.

무슨 일이 있어서 정현이 비구니가 되었는지 온통 머릿속은 복잡하게 움직이고 있었다. 정현이가 스님이 되면서 앞을 내다보는 도인의 경지에 이르러 수철이 나타날 것을 미리 알고 있었는지…….

잠시 동안의 시간이 흐른 뒤, 정신을 가다듬고 정현을 똑바로 쳐다볼 수 있었다. 스님이라고 불러야 할지, "정현아" 하고 불러야 할지, 그래도 초등학교 어린 시절 짝꿍이었던 그녀에게는 이름을 불러주고 싶었다.

"정현아, 왜 이곳에 있는 거니?"

"왜, 뭐가 잘못된 거 같니?"

"무슨 사연이 복잡하겠구나."

"아니야. 평범하게 살다가 때가 되어 이곳으로 왔어. 지금 난 마음이 너무 편안해."

그들은 법당에서 지나간 이야기들을 주고받았다. 너무나 기구한 운명을 타고난 그녀의 일생은 드라마 같은 삶이었다고 한다.

그녀는 초등학교를 졸업하고 명문 중학교와 고등학교 그리고 대학교를 졸업했다. 사업하는 남편을 만나 부유하고 넉넉한 생활을 하다가 남편의 사업이 부도가 나면서 사업체를 살려 보기 위해 공장에서 생산된 생활용품을 지하철에서 직접 팔아야 했던 시절, 설상가상으로 그때 행복하게 커야 했던 아들과 딸이 모두 사고로 이 세상을 하직하면서 정현의 생활은 정신병자와 같이 미친 것처럼 세상을 살게 되었다. 하루 끼니와 잠잘 곳을 걱정해야 했던 그런 시기도 있었다고 했다.

급기야 사업이 완전부도가 나면서 남편마저 세상을 떠나고 인생의 거친 파도가 지나간 후 세상에 오직 혼자 남겨졌던 정현, 그녀는 남의 집 가정부로 길거리의 청소원으로 인생의 맨 밑바닥 생활을 하면서 삶의 쓰디쓴 맛을 보았다고 했다. 그것이 정현 자신의 정해진 운명이었다는 것을 알기까지는 많은 시간이 흐르고 고통을 겪은 후였다. 그녀의 굽이굽이 인생길의 슬픈 이야기들을 듣고만 있을 수밖에 없었다.

뭐라고 위로의 말을 한다는 것이 분위기에 어울리지 않는 상황인 것 같았기 때문이다.

수철과 정현은 짧은 인생길에서 두 번은 즐겁고 행복한 삶을 살면서 만남을 가졌고, 두 번은 고생과 번뇌를 한 몸에 간직한 채 험난하게 살아 온 것을 보면서 만남을 가져야 했다. 그것이 두 사람의 인연이었던가! 수철은 그녀를 위하여 폭풍이 몰려와도 쓰러지지 않고 고난과 고통을 이겨야 한다고 말해주고 싶었다. 잠시 후 그녀는 금강경 사구게(四句偈)를 설교했다. 금강경 사구게는 네 글자로 된 게송으로 세 종류의 사구게가 있는데,

첫 번째 사구게는

범소유상(凡所有相) 무릇 있는바 상(相)은

개시허망(皆是虛妄) 모두 허망한 것이리라

약견제상비상(若見諸相非相) 만약 모든 상(相)이 상(相) 아님을 보면

즉견여래(卽見如來) 곧 여래를 보이니라

두 번째 사구게는

일체유위법(一切有爲法) 일체 모든 것은 유위법이라

여몽환포영(如夢幻泡影) 마치 꿈과 같고 환상과 같고 물거품과 같고 그림자와 같으며

여로역여전(如露亦如電) 이슬과 같고 번개와 같음이니

응작여시관(應作如是觀) 응당 이와 같이 볼 것이니라

세 번째 사구게는

약이색견아(若以色見我) 만약 색으로써 나를 보려하거나

이음성구아(以音聲求我) 음성으로써 나를 구하려하면

시인행사도(是人行邪道) 이 사람은 사도를 행함이니

불능견여래(不能見如來) 능히 여래를 볼 수 없음이니라

그녀는 금강경 사구게가 인간이 행해야 할 경전을 게송으로 엮어 놓은 것이며, 내면수양을 하는 불자들이 믿고 의지하는 기본 경전으로, 이 경을 독송할

때는 세 가지를 마음속에 새기고 독송을 해야 한다
면서 수철을 향해 열심히 설법을 하고 있었다.

"첫째는 보리심을 자꾸자꾸 발하여야 하고 일상생
활에서 일으키는 바른 마음, 밝은 마음, 감사할 줄
아는 마음을 가져야 한다.

둘째는 나를 비우고 축원해야 한다. 부처님은 '나
를' 넘어선 존재요. 중생은 '나에' 얽매어 사는 존재
다. 우리가 지은 모든 죗값을 참회하고 나를 비워 버
리는 참된 '나'가 되어야 한다.

셋째는 금강경을 독송하여 용심법(用心法)을 배워야
한다. 인간이 아집을 내려놓고 아공을 이루면 눈앞
의 욕심을 벗어나 행복과 영광이 찾아 올 것이다."

사구게를 설명하는 정현의 눈은 살아 움직이고 있
었다. 잠시 왔다가 미련을 남기지 않고 저승으로 갈
날이 얼마 남지 않는데 이승에서의 고생과 고행이
무슨 의미가 있겠냐는 듯 불교에서 가장 기본적인
경전을 설명해주고 있었다.

그녀는 수철에게 법명을 지어 주었다. 홍운(弘雲).

넓은 구름이란다. 불교는 좋은 점이 많으니까 앞으로 깊은 산속 산사를 두루 찾아다니면서 죽을 때까지 불교에 몸담았으면 하는 의미가 있단다. 인생이란 어차피 나그네 길인 것이다. 크나큰 우주공간에서 한 톨의 먼지에 불과하고 그 큰 공간에서 구름처럼 흘러 다니다가 바람이 불면 우주공간 저 편으로 사라져 가야 하는 것이 인생길이 아니던가! 초등학교 짝꿍이라는 좋은 인연으로 만나 영혼을 감싸주고 먼 훗날까지 희망과 사랑으로 가득 찬 인연이었으면 했는데. 평탄하게 살지 못한 그녀의 인생길이 너무 아쉽고 가슴이 아플 뿐이었다.

수철과 정현은 이제 영원히 만날 수 없는 이별을 해야 했다. 그 이별을 자연스럽게 받아들이고 있었다. 불가에서 말하는 윤회를 생각하면서 다음 세상에 태어나면 반드시 둘이서 또다시 짝꿍이 되어 죽음을 맞이할 때까지 행복하게 살고 싶다는 희망을 가슴속에 품고 헤어질 수밖에 없었다.

사구게 중 여로역여전이 말해 주듯 인생도 결국 모든 눈처럼 이슬로 돌아가지 않던가. 수철과 정현이 인연 맺은 깨끗한 눈길 아름답던 함박눈도 물이 되어 흐르고 위험천만하던 얼음 빙판도 녹아서 결국 강으로 흘러간다. 엉망진창 눈밭에서 천진난만하게 뒹굴던 정현, 아니 파르라니 깎은 머리의 비구니스님 저 멀리로 은빛 강물이 출렁이고 있었다.

슬픔으로 멍든 광주여

5·18의 상징 전남도청

1

 2020년 5월 18일, 이곳 광주사람들에게 '5·18'이
라 불리는 민주화 운동의 본거지 전남도청은 아시
아 문화 전당이라는 이름으로 명칭이 바뀐 지 오래
다. 십 년이면 강산이 변한다는 말은 이미 빛을 잃
었으니 작금 눈앞에서 벌어지는 빠른 변화의 속도
라니! 과히 어지러울 지경이다. 어쨌든 상전벽해(桑田
碧海)라 했으니 변한 것이 어디 그뿐이겠는가. 다만
그 앞에 자리한 분수대가 변함없이 그날 광주에서
벌어진 슬픈 역사를 묵묵히 바라보고 있다.
 머리가 훌렁 벗겨진 주름투성이의 늙은이가 피켓
을 들고 분수대 앞에 무릎을 꿇고 앉아 있다. 마치
북송의 매국노 진회가 자신이 모함해 죽인 농민출

신 장수 악비의 상 앞에 꿇어 앉아 참회의 눈물을 흘리듯, 처연한 표정으로 먼 옛날을 생각하는 것 같았다.

"광주시민에게 사죄합니다. 나에게 돌을 던져 주십시오."

이는 피켓에 적힌 문구다. 노인은 쭈글쭈글한 볼을 타고 흐르는 눈물도 입술로 스며드는 콧물도 닦을 생각도 하지 않고 무엇인가를 열심히 중얼거리고 있다. 그 모습이 애처롭다는 느낌이 드는 순간 분수대 주변으로 한 사람 두 사람 모여들기 시작한다. 마치 먼 옛날 분수대를 지키면서 민주화 열망을 외치고 시위를 했던 시절 선량한 광주시민이 다시 찾아온 것처럼, 그렇게 밀려드는 시민들 사이에서 웅성거림이 시작되고 있었다. 누군가 옆 사람에게 묻는다.

"저 사람 누구야?"

"전두칠이라고 광주 5·18 민주화 시위를 무차별 폭력으로 진압했던 그 주모자래."

"그 사람 대통령까지 했던 사람 아니야."

"맞제. 늦었지만 그때의 잘못을 뉘우치고 광주시민에게 사죄 한다고 저렇게 무릎을 꿇고 있다네."

"어찌 보면 불쌍하기도 하구면."

이때 누군가 큰소리로 외쳐대고 있었다.

"저 사람에게 돌을 던져라! 슬픈 광주의 영혼을 위로해야 된다!"

소리의 외침은 점점 더 커져가고 많은 시민들이 운집하자 군중 심리가 작용하기 시작했다. 누군가 던진 달걀을 시작으로 전두칠에게 사람들은 무엇인가 닥치는 대로 던지고 있었다. 돌멩이와 나뭇가지, 그리고 생달걀은 사방으로 튀면서 노른자와 흰자가 범벅이 되어 그를 더욱 초라하게 만들었다.

그 기세에 피켓은 넘어지고 전두칠은 힘없이 옆으로 쓰러졌다. 한때 우리나라를 암흑의 세계로 몰아넣고 손에 쥔 정권으로 무소불위의 권력을 휘둘렀던 장본인인데…….

민주화 시위의 발원지 광주에서 전두칠, 그가 한

그루 밑동 베어진 고목처럼 저렇게 쓰러져 가고 있다. 그 모습이 동정심을 유발했던 것일까. 누군가 외치고 있었다.

"전두칠이 죽었다. 이젠 돌은 그만 던져라."

이에 또 다른 광주 시민이 더 큰소리로 악을 쓰고 있다.

"죽은 자에게 돌을 던지는 사람은 인간이 아니다!"

또 다른 한편에서는

"전두칠이 죽지 않고 아직도 살아있다. 죽지 않았으니 죽을 때까지 돌을 던져 광주 시민의 한을 풀어야 한다!"

고 큰소리로 외쳐대고 있었다. 그때 한 시민이 조용하게 옆 사람에게 말한다.

"이제 그만 합시다."

또 다른 시민은 작은 목소리로 중얼거린다.

"죽을 때가 되어 사죄하려고 광주까지 왔는데 광주시민의 이름으로 너그럽게 용서합시다. 돌멩이로

때리지 않아도 이제 늙어서 곧 자연으로 돌아 갈
거요."

  자신도 모르게 전두칠 옆으로 다가간 은철, 60년
대 베트남 전쟁에 같은 백마부대로 참전했다는 이
유 하나만으로 은철은 전두칠을 보호하려고 안간힘
을 쓰고 있었다.

  때는 1980년 4월 18일 광주민주화운동으로 이어
졌던 5월 18일 한 달 전으로 거슬러 올라간다. 당시
전남도청에 근무하던 은철이다. 그날도 점심을 간단
하게 구내식당에서 해결한 후 버릇처럼 도청 본관
건물 4층 옥상으로 올라갔다. 매일 2시가 되면 플
래카드를 앞세우고 질서 정연하게 줄을 지어 도청
앞 분수대 주위에 둘러 앉아 민주화 구호를 소리
높여 외치다가 질서를 지키며 해산하는 시위 학생
과 시민들을 바라보기 위해서다. 시위대는 앞으로
전두칠이가 국가 권력을 잡을 것이라면서 구호를 외
치고 있었다.

"대한민국의 민주주의를 수호하자."

"D.D.D(두칠이 대가리는 돌대가리) 전두칠은 물러가라."

소리높이 함성을 지르며 광주시민의 마음을 대변했다.

1979년 10월 26일, 박정희 대통령이 충남 서산의 삽교호 준공식을 마치고 그날 밤 중앙정보부 안가에서 향연을 벌이다가 김재규의 총탄에 맞아 서거하면서 나라 안의 분위기는 어수선해졌다. 돌연한 국가 수뇌의 죽음으로 정치판과 군 지휘 계통이 혼란을 거듭하다가 12·12사태가 발생하여 많은 군인들이 희생되었고, 당시 합동 수사 본부장인 전두칠 소장의 모습이 자주 TV에 등장하면서 시국은 점점 더 혼란스러워졌다. 그런 와중에 최규하 씨가 대통령으로 취임하면서 혼란이 잠시 조용해지는 것 같았으나 정치권과 군부 내에서는 권력 암투가 계속되었다.

광주에서는 전남대와 조선대 학생들과 시민들이

주축이 되어 시위가 계속 되었고, 최규하 대통령을 '최 주사' 신현확 국무총리를 '신 계장' 그리고 전두칠 합동수사본부장을 '전 과장'으로 부르면서 전두칠이가 앞으로 정권을 잡게 될 것이라는 소문과 함께 "전두칠 물러가라!" 외치는 시위가 되풀이 되고 있었다.

시위 장소는 언제나 도청 앞 분수대. 은철은 평화적으로 시위를 하는 학생들과 시민을 바라보면서 한시라도 빨리 이 혼란이 끝나고 나라가 안정되기를 빌고 있었다. 그러나 시위는 날이 갈수록 거칠어졌고 나라 사정은 점점 불안해져 갔다.

1980년 5월 17일.

군인 집단은 전국적으로 국가 비상계엄령을 선포하면서 서울, 부산, 대구, 인천, 대전 등 대도시의 시위는 지하로 잠적해 들어갔다. 그러나 일제 강점기 광주학생운동과 4·19학생혁명을 치렀던 혁명의 도시 광주만은 계엄령 하에서 군인들의 총칼 앞에 물러서지 않고 대항했다.

5월 18일 광주에 진입했던 공수 특전단의 피비린 내 나는 살육이 시작되었다. 총검으로 무장한 공수부대원들에게 돌과 맨주먹으로 항거 하는 것은 계란으로 바위를 치는 싸움이었지만 울분에 찬 광주 시민들은 죽음을 두려워하지 않고 완강히 저항했다. 그러나 잔인한 학살은 멈추지 않았고 공수부대원들의 만행은 소문으로 흉흉하게 나돌고 있었다.

시위 진압을 위해 군인들에게 환각제 약을 먹이고 항거하는 시민들을 잔인하게 진압하도록 했다는 유언비어가 나돌기 시작하면서 공수부대원들의 민주화 시위 진압 과정은 너무나 잔혹했다. 그들은 부모 형제 같은 사람들을 잔인하게 구타하고 군화발로 짓밟고 몽둥이로 사정없이 내려치고 총검으로 찌르면서 억압하였다. 군인들은 이성을 가진 인간이라고 보기 어려웠다. 마치 피에 굶주린 맹수와도 같았다. 계엄군이 광주에 투입된다는 소문을 들었을 때 그렇게 잔인하게 진압하리라고는 상상도 못했던 일들이 광주 시민들의 눈앞에서 펼쳐질 때 더 이상 보고만 있을 수 없다는 판단을 하고, 광주 최후의 자존심과 사랑하는 부모 형제들을 지키기 위해서 마지막 발악으로 무장 투쟁을 결심했으리라.

광주 시민이 대규모 폭동을 일으켜 진압하는 과정이라고 허무맹랑한 적색 선전이 언론을 통해서 보도되고 국민들이 그것을 믿도록 했다는 사실 앞에 분노는 하늘에 닿아있었다. 이 지구상 어느 곳에서 도시 전체가 아무런 이유 없이 폭동을 일으킨단 말인가. 그리고 그곳을 완전히 고립시켜 한 도시 안에서 무슨 일이 일어나고 있는지 타 지역에서는 알 수 없도록 무력으로 차단막을 칠 수 있단 말인가. 이런 사태가 현실로, 그것도 자유 민주주의의 이념을 수호하는 대한민국 광주에서 일어나고 있다고 생각하니 말문이 막히고 앞이 캄캄할 뿐이다.

그것은 전두칠을 추종하는 군인집단이 광주라는 도시를 미리 정해 놓고 본보기로 '화려한 외출'이라는 작전명에 걸맞게 그들만의 수법으로 '화려한'이라는 미문(美文)을 앞세워 무자비함의 극치를 광주 시민에게 보여 주었다는 사실 앞에 경악을 금할 수 없었다.

계림동 어느 조그마한 골목길에서 공수부대원이 총검으로 임신한 여인의 배를 찔러 뱃속의 아이가 배 밖으로 튀어나오면서 산모와 같이 죽었다는 정말 믿기지 않는 흉흉한 말들이 시민들의 입과 귀를 통해서 나돌아다니고 있었다.

그렇게 공수부대원들의 만행이 악랄하게 이루어지고 있던 오후 금남로 1가 가톨릭센터 앞, 총검을 손에든 공수부대원이 본대에서 이탈하여 시민들에게 잔인하게 위해를 가하고 있었다. 눈은 거슴츠레하게 뜨고 다리는 약간 흔들거리고 있는 모습이 정상적인 사람으로 보이지 않았다.

은철은 베트남 전쟁을 생각했다. 그 전쟁은 적군을 죽이지 않으면 자기가 죽어야 하는 전쟁터이지만 이곳은 평화를 사랑하는 시민들이다. 그런 광주 시민에게 총부리를 겨누는 군인들은 어느 나라 국민일까? 은철은 베트남 전쟁에서 전우가 전사한 곳에 무차별 사격을 가했던 생각을 했다. 그리고 전우가 쓰러져 갈 때 눈물을 쏟았던 기억을 떠올렸다.

은철은 먼 허공을 주시하면서 적군을 사살했지만 민간인은 절대로 죽이지 않고 보호했던 기억을 떠올리면서 지금의 광주 시민들에 대한 진압 상태를 가슴을 치며 지켜보고 있다. 그리고 시민을 향해서 총검을 휘두르는 군인에게, 분노한 시민이 모여 있는 위험한 곳을 가지 말라고 한마디 했다.

"어이, 군인아저씨. 그 쪽으로 가면 위험해. 분노한 시민들이 당신들을 가만히 놔두지 않을 거야."

"죄 없는 민간인을 더 이상 죽이지 마라."

공수부대원은 정신을 반쯤 잃어버린 사람 같았다.

"아저씨, 도청으로 가려면 어디로 가면 됩니까? 광주 시가지 지리를 잘 몰라서 우리 부대원들과 헤어져 버렸습니다. 길을 가르쳐 주십시오. 도청이 어느 쪽인지……."

그는 강한 경상도 사투리를 쓰고 있었다.

"바로 앞에 보이는 것이 도청이요."

"공수부대 아저씨, 광주 시민은 죄가 없어요."

공수부대원은 소리치고 있었다.

"광주 시민들이여, 빨리 다른 곳으로 피신하세요. 군인은 명령에 살고 명령에 죽는 사람들입니다."

그렇게 대화를 나누고 있는 동안 성난 시민들이 그곳으로 몰려오기 시작했다. 공수부대원은 다급하게 가톨릭 센터 건물로 숨어들어 갔다. 우선 위험한 곳을 피하고 보자는 속셈이었겠지만 그는 되돌아올 수 없는 미로에 들어가고 말았다.

이렇게 광주 시내에서 민주화 시위 진압작전이 펼쳐지면서 피비린내 나는 살육이 계속 되었고, 한편으로 이상한 소문이 돌기 시작했다. 골 깊은 지역감정을 이용하기 위해서 경상도 출신 군인들로 이루어진 부대를 진압에 투입하여 피해를 더 많이 키워버렸다는 이상한 소문들, 그것이 사실일까? 그런 소문들이 사실이라면 남북이 갈라진 조그마한 나라에서 또 다시 동서로 지역감정에 얽매이도록 잘못

된 머리를 굴린 군인 집단은 반드시 책임을 묻고 죗
값을 치러야 된다고 생각했다.

 죽음이란 사람들에게 쉽게 찾아오기도 하고 어렵
게 찾아온다지만 사람은 자기의 운명에 맞게 살다
가 최소한 억지 죽음이 아닌 자연의 이치에 따라 죽
는 것이 순리다. 그것이 우리네 인생을 살아가는 과
정이 아닌가.
 밤이 되어서도 계속 총소리는 들려오고 있었다.
은철은 도청에서 아주 가까운 서석동에 살고 있었
기 때문에 조선대학교 쪽으로 퇴각하는 경찰과 군
인들이 쏘아대는 최루탄과 총탄을 피하기 위해 방
문에 솜이불을 치고 아직 어린 사랑스러운 아이들
을 보호하려고 최선의 노력을 하였다. 시내 곳곳에
서는 돌아다니면 발포해 버린다는 무서운 소문이
떠돌아다닐 무렵 같은 동포가 선량한 시민들에게
총구를 들이대는, 말도 되지 않는 혼란스러운 상황
이 되고 말았다.

그 와중에도 학생들은 군인들에게 쫓겨 은철이 살던 골목길 맨 끝집으로 피신을 했고, 최루탄 가스에 눈물을 흘리면서 치약이 가스를 제거하는 데 도움이 된다는 말을 듣고 눈썹이며 입이며 코에 바르고 담을 넘어 군인들을 피해 도망가기 바빴다.

밤 10시쯤 되었을까? 광주의 밤하늘이 밝은 불빛으로 타오르고 있었다. 은철의 집에서 그렇게 멀지 않은 곳에 위치해 있던 광주 세무서와 MBC문화 방송국이 불에 타면서 시내를 밝게 비추더니 곧 잿더미가 되고 말았다. 군인들이 불을 질렀을까? 아니면 시위대가 불을 질렀을까? 의문을 가지면서 밤새 무서움과 두려움에 떨어야 했다. 광주 시민들의 무장 투쟁 시작으로 계엄군과 경찰이 시내에서 조선대학교 방면으로 일시 철수하면서 80년 5월 18일 오후부터 5월 27일 새벽까지 무정부 상태가 되었다.

2

다음 날 새벽 광주 시내는 조용하고 적막했다.
어젯밤 콩 튀듯 쏘아대던 최루탄과 총소리도 들리
지 않고 고요 속에 시간이 흐르고 있었다. 은철은
무정부 상태가 된 직장으로 발길을 옮겼다. 전남
도청으로 출근을 서둘렀던 것이다. 그러나 정문에
는 시위대가 지켜 서서 출입을 통제 하고 있는 것
이 아닌가! 그곳은 은철의 직장이기도 했지만 전
남도와 광주시의 행정을 담당하는 중추 역할을
한 곳이기도 했다.

도청 정문은 굳게 닫혀 있고, 정문을 지키고 있
는 시민군은 군데군데 운집하여 웅성거리고 있었
다. 도청 직원들은 직장을 들어가기 위해 서성대

며 정문을 지키는 시위대와 대화를 시도하고 한편
으로는 직장에 복귀해야 하는 당위성을 설명하기
도 했다.

시간이 흐른 후, 여기저기에서 얼굴을 알고 지내
던 직원들이 모여들기 시작했다. 그리고 정문 옆
조그마한 사잇문 출입구로 들어가기 위해 시민군
과 마지막 대화를 하고 있을 때 정시채 부지사가
출입문 쪽에 도착하였다. 그는 소속을 밝히고 공
무원증을 제시하면서 직장 사무실에 들어가 행정
업무를 처리해야 된다는 사정이야기를 하였으나
저지당하고 말았다.

출근 시간이 지나면서 부지사 뒤로 몇 명의 직
원들이 줄을 서 있는 모습이 보였고, 직원들의 숫
자는 점점 더 늘어갔지만 상황을 알 수 없는 기다
림만 계속 되었다. 30분쯤 지났을 무렵 총을 든
젊은 사람이 나타나서 신분증을 일일이 확인하고
난 다음에야 사무실에 들어갈 수 있었다. 그러나
이미 모든 통신은 두절되어 있었고, 중앙 정부와 연

락할 방법이 없었다. 그날부터 광주는 외부세계와 통할 수 없는 고립된 상태가 되고 말았던 것이다.

통신도 끊기고 생필품도 반입할 수 없는 육지 속의 무인도, 은철은 자기의 직장에서 아무 일도 할 수 없었다. 지금 그가 해야 할 일은 광주 이외의 지역에 연락할 방법을 찾아보는 것이 최선이라고 생각했다. 그리고 광주의 현재 상황을 외부 지역에 빨리 알려서 두절된 통신을 복구하고 생필품을 반입 받도록 도움을 청하는 일이다. 그러나 그것은 쉽지 않았다. 그렇게 광주는 때 아닌 암흑세계로 빠져 들어갔다.

시위는 계속 되었다. 분수대 주변에 모여든 광주 시민들은 누구나 할 것 없이 시위대를 무자비하게 진압한 공수부대 군인들을 증오하고 있었다. 마치 적군들과 싸우는 전쟁터를 방불케 했던 시위 진압 현장, 그들은 시가전을 하듯이 광주 시민을 총칼로 짓밟았던 사실들을 이야기 하면서 걱정스러운 표정을 하고 있었다.

광주 시내는 교통이 두절되고 오직 사람들의 발길만 오고가면서 도시는 공동화가 되어갔다. 민주화 시위는 이제 저지할 수 없는 상태에서 계속 되었고, 도시 전체는 끝없는 고립상태에서 민주화의 구호만을 외쳐대며 외롭게 투쟁했다.

은철은 다음날 아침 식사를 마친 뒤 분수대로 나와 시민들의 동향을 살폈다. 그 곳에는 수많은 시민이 운집하여 있었고 계속해서 민주주의의 토론장이 되어 무자비한 진압을 성토하면서 울분을 참지 못했다.

계엄군이 철수하고 시위대가 광주 시내의 치안을 유지하게 되면서 범죄 사건도 없었고 다른 지역과의 왕래가 불가능한 상태에서 생필품과 식량이 턱없이 부족한 상황을 고려한다면 가게에서 물건을 훔치는 가벼운 소요 사건이 발생할 수도 있을텐데, 단 한 건도 그러한 사건이 발생하지 않았다는 것은 광주 시민이 폭도가 아니라는 사실을 증명해주는 결과라고 볼 수 있다.

분수대 주변 시민들의 성토장에서는 웃지 못 할 일들도 벌어지고 있었다. 갑자기 누군가 공수부대가 온다고 소리치는 순간 그 많은 시민들이 흩어져 도망가기 시작했다. '자라 보고 놀란 가슴 솥뚜껑 보고 놀라'는 것처럼 시민들은 이리 뛰고 저리 뛰고 하면서 분수대 주위를 빠져 나갔다. 은철도 뛰기 시작했다. 잘못하면 그들의 총칼에 목숨을 잃을지도 모르기 때문이다.

얼마쯤 뛰어갔을까? 바로 앞에 자신의 키보다 훨씬 높은 담벼락이 나타나고, 은철은 그 곳을 훌쩍 뛰어 넘었다. 위급할 때 생기는 인간의 초능력이 발동한 것이다. 그러나 공수부대는 오지 않았다. 누군가 장난삼아 했거나 아니면 허상을 보고 큰소리로 외쳤거나 했을 텐데 그렇게 요란스러운 사건으로 끝이 난 것이다.

시내에서는 치안을 담당하고 있는 시위대들에게 자발적으로 집에서 음식을 가져와 제공하기도 하고 상점에서는 빵과 음료수를 돈도 받지 않고 무제한으로 공급하면서 시위대를 격려하는 것이 보였고, 그런 와중에서도 시민들 자체적으로 사태수습대책위원회를 구성하여 도시 전체의 질서를 유지하고 무정부 상태에서 새로이 조직을 편성 운영하면서 생활이 불편 없이 원활하게 이루어지도록 하였다.

그리고 현재의 사태에 대하여 기탄없이 자신들의 생각을 말하였고, 모든 시민들은 그 의견을 경청하고 수렴하여 앞으로 광주 시민이 어떻게 해야 할 것인가를 결정하는 데 반영하도록 했다. 시민들이 정책결정에 참여하는 모습, 현대 사회에서 직접 민주주의 정치가 존재한다면 바로 그 당시 광주의 상황이 그러 했을 것이다. 전체 시민이 그 때만큼 한마음으로 똘똘 뭉친 적이 없었으며 그런 날들이 다시 올 수 있을 것인지 의문을 가져 본다.

자체적으로 구성된 사태수습대책위원회에서는 권력을 잡고 있던 군인 집단과 평화적으로 사태를 해결하기 위한 협상을 하였다. 또 한편으로는 무기를 소지한 시위대로부터 이를 회수 하는 등 많은 노력을 기울였으나 깊은 상처와 피해를 입은 광주 시민의 마음을 치유하는 데는 많은 시간과 노력이 필요할 것으로, 모든 것이 쉽게 해결될 것 같지가 않았다.

광주 시내 병원들은 부상자와 시체들로 병상이 부족하고 많은 사람들에게 수혈이 필요한데 피를 구할 수 없어 죽어가고 있는 사람들이 생기면서 급히 헌혈자를 구한다는 소문이 사람들의 입을 통해서 전해지고 있었다.

은철은 현장 속으로 들어갔다. 기독교병원, 전남대병원, 조선대병원 등 그렇게 병원을 돌아다니면서 참담한 현실을 보고 자신이 할 수 있는 일이 무엇일까를 찾았지만 헌혈밖에 할 수 있는 일이 없었다. 그리고 치밀어오르는 울분을 참기가 어려웠다. 병원은 아비규환 상태로 시신들은 쌓여가고 부상자의 신음소리는 통곡으로 들려왔다. 이렇게 아수라장이 된 병원들, 그 속에서 시민들의 대화가 이어지고 있었다.

"누군가 피를 주시오. 헌혈 말이요."

"내 피를 빼서 저 죽어가는 부상자에게 수혈을 해주시오. 혈액형 A형이요."

사람이라면 눈을 뜨고 볼 수 없는 비극적인 현실들이 이어지고 있었다. 부모, 형제, 자식들을 잃어버린 사람들은 거의 실신상태가 되어 정신을 잃고 울부짖고 있었다.

"우리 아들 두환이 못 봤소."

그 어머니는 정신 나간 사람이 되어,

"이것이 먼 일이다요."

"우리 아들 내놔라. 이 도둑놈들아."

그들은 피 맺힌 한을 입 밖으로 풀어내고 있었다. 뭐가 잘못되었기에 저렇게 많은 사람들이 죽고 다치고 수혈을 받지 못해 죽어가고 있는가. 아니 너와 나 할 것 없이 현장의 참상을 목격한 모두가 헌혈에 동참했다. 이렇게 참담한 현실을 바라보면서 군인 집단의 추종자, 광주민주화운동을 짓밟도록 명령을 내린 주모자가 원망스러웠다.

전쟁터가 아닌 평범한 도시에서 민주화 시위를 했다는 이유하나 만으로 노인과 여자, 어린이 들까지 무차별로 희생시켜야 했는지…….

기독교 병원 의사들은 붉은 피가 범벅이 된 흰 가운을 입고 환자를 치료하는 데 정신을 차리지 못하고 있었다. 환자의 이름이 누구인지, 어디에 살고 있는지, 무엇을 하는 사람인지 아무것도 모르는 상태지만 그래도 그들을 살려내야 한다는 의사로써의 책임감을 다 하고 있었다. 간호사들도 의사들의 지시에 따라 이리 뛰고 저리 뛰면서 한사람의 부상자라도 자신의 혈육인양 더 살려 내야겠다는 굳은 마음으로 광주 시민의 아픔을 같이 나누고 있는 모습에 우리는 한마음이 되어 있었다.

부상자를 치료하고 있는 다른 쪽에서는 행방불명된 아들과 딸들을 찾는 아비규환의 목소리가 들리고 있었다. 그들은 어디로 갔을까? 어느 곳에서 어떤 모습을 하고 있기에 찾지 못하고 울부짖고 있는 것일까? 그것을 지켜보고 있는 누구라도 눈시울이 뜨거워지면서 함께 눈물을 흘리며 가슴이 아팠다.

한편으로 공수특전단 군인들에게 희생된 시신들이 도청 앞 상무관으로 집결되고 있다는 소문들이 나돌기 시작했다. 병원에서 부상자 치료를 보면서 슬픈 광주를 생각했고, 왜 하필 광주 시민들이 무자비한 군화 발에 짓밟히면서 희생되어야 했을까? 울분이 터지는 일이었지만 힘없는 사람은 항상 강한 자에게 당하고 살아가는 것이 이 사회의 잘못된 단면이 아닐까 생각하면서 은철의 발걸음도 상무관으로 향하고 있었다.

전대병원에서 도청 앞 상무관까지는 가까운 거리로 그곳에 도착하기까지 많은 시간이 소요되지 않았다. 상무관에는 수많은 사람들이 모여 웅성거리고 다른 한편에서는 누군가의 울부짖음과 통곡

소리가 섞여 아수라장이 되고 있었다. 은철은 정문으로 들어가지 못하고 건물 옆 작은 창문으로 상무관 내부를 들여다보는 순간 피가 거꾸로 솟는 느낌이 들었다.

시체들을 넣은 나무로 된 수많은 관들, 어떤 목관은 태극기를 덮어 놓고 어떤 관은 뚜껑을 덮지 않은 상태에서 자신들의 형과 동생, 그리고 아들과 딸들을 확인하려고 이리 뛰고 저리 뛰면서 나무관의 시신들을 확인하고 있었다. 무엇 때문에 저 많은 사람들이 죽어가야만 했을까?

시간이 흐르면서 공수부대원들에게 희생된 시신들을 찾은 가족들은 매장을 서두르고 있었다. 시신들을 오랜 시간동안 방치할 수 없는 신록이 푸르른 5월이라는 계절 속에서 빨리 매장을 하지 않는다면 부패할 수 있기 때문이다. 그러나 무정부 상태가 지속되면서 장의차도 구할 수 없고 특별히 시신을 운반해야 할 차량도 없는 상태에서 손수레가 동원되고 있었다. 시내 곳곳에서 시신을 신고 어딘가로 향해가는 허술한 장례 행렬, 너무 안타까운 현실이었다.

그들은 지금 어느 곳에 묘지를 정해놓고 그곳으로 가고 있는 것일까? 장의차도 없고 꽃상여도 없이 목관만 덩그렇게 싣고 그들 영혼은 지금 어디로 향하고 있는가! 저들은 왜 구름처럼 서서히 왔다가 비운의 총탄에 맞아 바람처럼 쏜살같이 꽃상여도 장의차도 타지 못하고 가족들이 끌고 가는 손수레에 올라 북망산천으로 가고 있는가! 눈물과 통곡 속에 망자(亡者)를 보내는 사람들의 심정은 어찌했을까?

지금 그들은 어디에 묻혀서 한을 풀지 못하고 있는 것일까? 한을 품고 산화한 광주의 영혼들이여 밤하늘에 빛나는 별빛처럼 맑은 영혼으로 다시 태어나기를 두 손 모아 빌고 있다는 사실을 잊어서는 안 될 것이다.

한편 광주 시민들로 구성된 사태수습대책위원회

는 분주하게 움직이며 빨리 무정부 상태를 수습하려는 노력을 열심히 하고 있었다. 하지만 광주시민을 폭도로 매도해 버린 군인집단과 그 추종자들은 쉽게 민주화 운동에 대한 사태수습을 바라지 않고 있는 것 같았다. 민주화 운동을 하는 민중들의 소리를 인정할 수 없다는 것이 그들의 주장이었다.

사태수습대책위원회의 협상이 결렬되면서 또 다른 광주시의 유력 인사들로 구성된 수습대책위원들이 협상 테이블에 앉았지만 모든 것을 철저하게 계획을 세웠던 군인집단을 이해시키고 설득하기란 불가능에 가까운 일이었다. 그렇게 협상이 진행되는 동안 전방에 주둔하던 육군 제20사단 병력이 광주 외곽을 포위하면서 무력진압을 위한 작전계획이 실행에 옮겨지고 있는 것 같았다. 그리고 마침내 군인 집단에서는 완전 항복을 하지 않으면 무력 진압을 하겠다는 최후통첩을 광주시민에게 보내 왔다. 육군 제20사단 병력이 광주 시내에 진입하기 전날 하늘에는 정찰기가 '홍보전단'을 뿌리고 진압작전을 하겠다는 선무방송을 계속하고 있었다.

시민군의 무장 시위대가 마지막 결전을 각오하고 도청사수에 나서던 날 밤, 광주는 한없이 고요했으며 정적을 뚫고 진압군이 광주시내에 진압하지 못하도록 시민이 일어나야 된다는 가냘픈 여인의 목소리가 통곡 같은 신음으로 스피커를 통해 어렴풋이 들려왔다. 그것은 목청을 높여 고함을 지르는 아우성이었다. 광주 시민의 자존심과 영혼을 달래려고 부르짖는 처절한 아우성…….

군인들이 소리 없이 시내로 진입하던 날 밤, 어제 낮부터 시작된 가냘픈 여인의 목소리가 가두방송을 통해서 계속 울려 퍼지고 있었다.

"광주시민들이여 일어나십시오, 군인들이 시내로 들어오고 있습니다. 일어나서 군인들을 막아야 합니다."

가냘픈 여인의 목소리는 시내 곳곳으로 울려 퍼

지면서 처량하게 울부짖고 있었다. 그리고 밤새껏 가두방송은 계속되었지만 새벽이 되면서 그 여인의 목소리는 어딘가로 사라져 갔다. 끝까지 광주 시민을 지키고자 했던 그 여인, 시민들의 영혼을 깨우기 위해서 목청 높이 일어나라고 외쳤던 그 여인, 군인들이 시내로 조용하게 들어오던 날 밤, 차를 타고 용감하게 방송을 하고 다녔던 그 여인은 지금까지 살아있을까? 아니면 무자비한 총탄에 맞아 이 세상을 하직한 것일까?

새벽이 밝아올 무렵, 전남도청은 육군 제20사단 병력에 의해 완전히 장악되었고, 도청을 마지막까지 지키고자 했던 시민군의 무장 시위대는 모두 영광스러운 죽음을 맞이하였다. 그들은 죽어가면서 무슨 생각을 했을까? 시민들로 구성된 사태수습대책위원회에서 군인 집단과 협상을 잘해서 시민들의 안전을 보장하고 더 이상 인명피해가 없도록 평화적으로 해결되는 것을 희망하지 않았을까?

5·18 광주민중항쟁은 군사집단 추종자의 권력과 독재에 항거하여 일어난 순수한 시민과 학생들의 민주화를 실현시키고자 하는 민중운동으로써 우리나라 근대사에 **빼놓을** 수 없는 역사적 사건으로 평가받아야 마땅할 것이다. 광주 시민들은 계란으로 바위를 깨뜨릴 수는 없지만 바위를 더럽힐 수 있다는 사실을 몸소 보여준 역사의 주체였다. 그리고 수많은 시민들을 대표해서 죽음을 각오하고 도청을 마지막까지 지키려 했던 무장시위대, 그들이 정작 지켜내려고 했던 것은 총칼의 폭력이 무서워 독재 권력의 횡포에 쉽게 굴복해 버릴 수 없다는 광주의 마지막 자존심과 정의였는지도 모른다.

광주민중항쟁의 후유증은 얼마만큼의 긴 세월이 흘러야 치유될 수 있을지 알 수 없다. 아직도 5·18 그날, 광주에서 무슨 일이 일어났는지 정확하게 알고 있는 국민들은 얼마나 될까? 광주 시민을 폭도로 규정해 버린 군인 집단의 말만 믿고 지금도 그렇게 폭도들로 생각하고 있는 국민은 없는지, 민주화와 사랑하는 가족을 지키기 위해 총을 들 수밖에 없었던 광주의 절박함을 아는지, 모르는지, 가슴이 답답할 뿐이다.

인간에게 나타나는 신은 얼굴이나 본마음을 드러내지 않는다고 한다. 신의 뜻은 존엄하여 항상 베일에 쌓여있단다. 하늘이라 불리는 신은 왜 광주시민을 이런 고통 속으로 몰아넣었는지, 왜 잔인한 시험을 광주시민에게 해야 했는지. 모든 것이 알 수 없는 미궁 속으로 사라져 가고 있다. 오~ 하늘이시여! 슬픈 광주를 더 이상 버리지 말고 책임자들을 가려내서 적법한 절차대로 처벌 받을 수 있도록 해주소서……

은철의 입에선 쉴 새 없는 기도가 터져 나왔다.

육군 제20사단 진압군의 도청 진압이 끝나고 새벽이 되었다. 하늘에서는 정찰기가 선회 비행을 하면서 이제 광주시의 폭동은 진압되었으니 안심하고 생업에 복귀하라는 선무방송을 계속 흘려보

206

내고 있었다. 빨리 생업에 복귀하라고…….

　도대체 광주 시민의 한은 어디에 묻고 태연히 생
업에 복귀하라는지 알 수 없었다. 그들이 말하는
폭동의 진압, 폭동인지 민주화를 열망하는 광주시
민의 민중항쟁인지 구분도 못하는 미련한 군인 집
단이 이제 독재의 뿌리를 내리고 정권을 잡으면
이 나라는 어디로 흘러 갈 것인지 참으로 암담한
현실이었다. 광주민중항쟁의 7박 8일간 투쟁은 이
렇게 비극적으로 끝이 나고 말았다.

3

은철은 출근 준비를 하고 있었지만 아직도 곳곳
에서 총성이 울리고 공포가 엄습했다. 출근길 골목
을 돌고 돌아 도청 회의실 건물 옆을 막 지나쳐 나
오려고 하는데 여기저기에서 총소리가 계속 들려왔
다. 그리고 총을 든 군인들이 길을 막고 손을 들게
하더니 몸을 수색하고 무엇인가 자기들만의 알 수
없는 말들을 하고 있었다. 시내 분위기는 참으로
어수선 했다. 맨 먼저 정문에 도착한 은철은 군인
들로부터 몸수색을 마친 후 사무실에 들어가야 했
다. 사무실에는 여기저기 총탄 흔적들이 남아있고,
특히 M16 자동소총의 탄환이 서류를 보관하던 캐
비닛을 관통하여 그 속의 서류며 필요한 책들이 몇

겹으로 구멍이 뚫려 있었다. 그 때 도청의 모든 청사는 한바탕 전쟁을 치른 것 같은 모습으로 한마디로 처참함 그 상태로 보였다.

여기저기 건물과 서류 보관 캐비닛의 탄흔자국, 그리고 도청본관 총무과 서무계 건물 뒤편에서는 군의관이 도청을 최후까지 사수하려고 했던 시민군의 시체를 이곳저곳에서 끌어다가 모아놓고 소독과 검시를 하고 있는 모습이 전날 밤의 치열했던 상황을 말해주고 있었다. 도청을 마지막까지 지키고자 했던 민주화 운동 최종 수호자의 시체들, 수많은 시신들을 보고 있자니 죽은 사람의 시신이라는 생각이 들지 않을 정도로 산더미처럼 쌓여가고 그것을 보면서 가슴이 미어졌다.

도청 최후의 시민군 소탕 작전은 민간인 복장을 하고 침투한 공수부대원들에 의해 수행했다는 소문이 돌고 있었다. 회의실 아래 지하식당에 수많은 폭약이 있었지만 최후의 시민군들은 그것을 터뜨리지 않고 죽어 갔다고 했다. 그 폭약이 폭발했더라면 광주 시내는 엄청난 피해가 있었을 텐데 시민군은 그렇게 시민을 희생시키지 않고 조용하게 자신들의 최후를 마친 것이 아닐까?

출근 후 직원들을 모두 회의실에 모이도록 청내 방송을 했다. 빠른 수습을 위해서 행정적으로 처리해야 할 일이 너무 많았기 때문이다. 회의실에 도착해서 놀란 것은 높은 천정의 수많은 총탄 자국과 바닥이 불길에 검게 탄 흔적이 있었다. 누군가 분신자살이라도 했단 말인가? 나중에 알았던 사실이지만 도청 회의실에서 최후를 마친 한사람의 시민군은 분신자살을 시도했고, 죽어가는 그 사람에게 편안하게 저승으로 갈 수 있도록 권총으로 머리를 쏘아 안락사를 시켰다고 하는 등등의 숱한 이야기들이 이곳저곳에서 유언비어처럼 떠돌았다.

분신자살을 시도한 시민군에게 '잘 가라'고 한마디 던졌다는 공수부대원, 그는 지금 어디서 무슨 생각을 하고 있을까?

이렇게 군인 집단들은 광주시민과 학생들에 대하여 계엄령 선포로 많은 인명 피해를 주었고, 민중항쟁을 폭도로 규정하고 진압하는 과정에서 또다시 죄 없는 수많은 사람들을 살상하여 두 번에 걸쳐 피비린내 나는 살육을 하고 말았다. 도청에는 이미 육군 제20사단 병력이 들어와서 건물을 완전히 장악하고 있었다. 광주 시민의 영혼은 어디로 갔을까? 이 엄청난 사건에 대하여 어디에서 보상을 받아야 될까? 은철은 솟구치는 울분을 꾹 참아야 했다.

도청은 수습대책위원회가 구성되어 사태가 빠르게 수습되어 가는 것처럼 보였으나 광주 시민들의 정신적인 상처는 많은 세월이 흐른다 해도 쉽게 치유될 수 없을 것이라는 생각이 들었다.

그렇게 광주 시민에게 깊은 원한을 안겨 준 군인들의 실세집단에서는 '국가보위 상임위원회'를 구성하여 혁명적인 차원에서 모든 행정이 진행되었다. 그 당시 국가보위 상임위원회는 하늘을 나는 새도 떨어뜨린다는 엄청난 힘을 가진 조직으로써 무소불위의 권력을 쥐고 국가의 행정과 정치, 경제 등, 모든 분야를 흔들고 있었다. 그들을 최규화 대통령을 물러나게 하면서 전두칠을 민주평화통일자문회의에서 대통령으로 선출하였다.

이렇게 광주 시민의 민주화를 위한 민중운동은 군인 집단에 의해 무참히 짓밟히면서 시민 전체가 폭동을 일으킨 폭도로 매도되었다. 그리고 수많은 사람들이 죽고 부상을 당했던 시민들의 신음소리, 그 아픔을 함께 겪으며 살아온 세월들…….

얼마나 많은 세월이 지나야 광주 시민의 영혼이 그 아픔을 잊을 수 있을 것인가! 그리고 그 아픔이 잘 치유되어 역사 속으로 사라지고 대한민국이라는 나라가 더 많은 번영을 가져 올 수 있을 것인가! 마음속 깊이 생각해야 할 우리들의 과제이다.

한편 국가보위 상임위원회에서는 무엇인가 개혁을 해야 한다면서 언론을 장악하고 신문을 통폐합하기 시작했다.

광주에서도 신문을 통폐합하는 절차가 진행되었다. 당시 폐간된 전남매일신문에는 김준태 시인의 '아아 광주여, 우리나라의 십자가여'가 게재되면서 광주의 영혼도 폐간된 전남매일신문과 함께 민중항쟁의 쓰라린 아픔을 가슴 속에 깊이 간직하고 영원히 사라질 것만 같았다.

광주민중항쟁에 대하여 김준태 시인이 쓴 시의 일부분이다.

아, 아 광주여 우리나라의 십자가여

우리들의 영원한 청춘의 도시여!
우리들의 아버지는 어디로 갔나
우리들의 어머니는 어디서 쓰러졌나

우리들의 아들은
어디에서 죽어서 어디에 파묻혔나

우리들의 귀여운 딸은
또 어디서 입을 벌린 채 누워있나
우리들의 혼백은 또 어디에서
찢어져 산산이 조각나 버렸나

(중략)

세월이 흐르면 흐를수록
더욱 젊어지는 청춘의 도시여
지금 우리들은 확실히
굳게 뭉쳐 있다 확실히
굳게 손잡고 일어선다

　오월 그 아름다운 계절에 국가와 민족 우리 자신
들을 위해 하나밖에 없는 목숨까지 아낌없이 바쳤
던 민중항쟁의 쓰라린 아픔을 가슴에 묻고, 은철
의 인생살이도 세월 속으로 묻혀 가는 듯 했다.

1980년 5월 18일. 그날로부터 꼭 30년이 흐른 뒤, 은철은 골프 동호회 주관으로 무주 컨트리클럽에서 라운딩을 하고 있었다.

때는 2010년 5월 18일. 전라북도 무주는 지형이 높은 곳에 위치해 있어 날씨도 시원했지만 아름드리 소나무와 골프장이 어우러져 무척 좋은 환경 속에서 라운딩을 즐길 수 있는 곳이라고 생각되었다.

전반 9홀을 마치고 화장실에 들렀을 때, 검은 양복을 입은 건장한 청년 두 사람이 화장실 앞을 가로 막고 들어갈 수 없도록 통제를 하고 있었다.

"화장실이 급한디 왜 그라요."

"죄송합니다. 각하가 화장실에 계셔서."

"뭐요? 같이 소변 보면 안 돼요?"

"죄송합니다. 잠깐만 참아 주세요. 그리고 이해해 주시기 바랍니다."

조금 뒤 머리가 훌렁 벗겨진 전두칠이 시원스럽게 그곳을 털면서 밖으로 나오고, 은철은 입 밖으로 튀어나오려고 하는 단어를 꿀꺽 삼키고 있었다.

베트남 전쟁에서 사단 구호로 경례를 할 때 썼던 '백마'가 튀어 나올 뻔 한 것이다. 그리고 조용히 '연대장님' 하고 마음속으로 불러 보았다.

베트남 전쟁에 참전해서 먼발치에서 모셨던 보병 연대장 전두칠이었다. 부하를 사랑하고 의리가 있고 정의롭다고 소문난 그분을 마음속으로 은근히 존경했던 은철이었는데…….

광주, 그 광주와의 악연과 그에 따른 수많은 불합리한 과정을 거쳤음에도 불구하고, 대통령직을 수행하면서 만큼은 나름대로 잘했다는 생각도 했다. 경제도 좋아지고 장관들도 국가를 위해서 일할 사람을 사심 없이 골라 쓰고 정권도 장기집권을 꿈꾸지 않고 약속대로 후임 대통령에게 물려주었는데…….

그리고 대통령 선거에서 6·29 선언으로 직선제를 수용하면서 노태우 후보에게 "나를 짓밟아서라도 당선만하면 되지 않아." 이렇게 말할 수 있는 옹졸하지 않고 의리 있는 사람이 아니었던가.

그런데 그분이 보안사령관 합동수사 본부장을 거쳐 대한민국 대통령을 하면서 인품이 어떻게 변했는지, 광주민중항쟁을 진압하고 수많은 시민을 학살했던 주모자라는 사실을 알고 있으면서도 잘못한 것이 없다고 생각하고 있는 것일까? 가해자가 피해자의 아픔을 진정으로 이해하고 사죄할 때 가장 아름다운 용서가 될 수 있을 것인데 자기 잘못 자체를 알지 못한다는 것, 거기에 문제가 있는 것 같았다. 전두칠의 바로 앞 팀에서 라운딩을 하면서 은철에게는 전두칠과 얽힌 이런저런 과거가 파노라마처럼 머리를 스치고 지나갔다.

전두칠이 부인 이순희 여사와 함께 라운딩을 끝마치고 마지막 홀에서 나올 때, 대통령을 했던 사람이라서 그랬던지 누군가가 반갑다는 인사말을 큰 소리로 외쳐대고 있었다. 그분도 사람들을 만나는 것이 반가웠던지,

"어디서 오셨습니까?"

하고 물었다. 누군가 큰 소리로,

"전라도 광주에서 왔어요."

하고 대답했다. 그 대답을 듣는 전두칠의 얼굴은 환하게 웃고 있었지만 그는 골프가 끝나면 반드시 몸을 씻어야 하는 '샤워'도 하지 않은 채 검정색 에쿠스 승용차에 경호원들을 나누어 태우고 어디론지 쏜살같이 달려가고 있었다.

2020년 5월 17일 밤. 은철은 꿈을 꾸었다. 광주 시민이 총검 앞에 쓰러지고 총탄에 맞아 죽어가는 그리고 시내가 난장판이 되는 꿈을⋯⋯.

무엇이 잘못되어 광주가 이렇게 전쟁이 아닌 전쟁터로 변했을까! 도저히 이해할 수 없는 사건이 벌어지고 있는 곳, 은철은 보안 사령관 전두칠과 대화를 나누고 있었다.

"연대장님, 지금 광주에서 무슨 일이 일어나고 있는지 아십니까?"

"무슨 일이라니 폭동을 일으킨 폭도들이 아닌가. 하나도 남김없이 모조리 쓸어버려야 해."

"아닙니다. 그들은 선량한 시민과 민주화를 갈망하는 학생들입니다. 민중이 일으킨 민주화 항쟁이라구요."

"무슨 소리야. 폭도들이라는 보고를 받았다니까."

"그럼 그 폭도들이 정부에 어떤 피해를 주었습니까? 정부 청사를 습격해서 건물을 파손 시켰습니까? 경찰관을 죽였습니까? 아무런 피해도 주지 않고 단지 민주화 시위를 했을 뿐인데 공수부대군인들이 총칼로 광주를 짓밟고 있는 것을 알고 계십니까?"

"지금 시국이 그렇게 할 수밖에 없어. 내 책임은 아니야. 나는 잘못이 없다구."

"당신은 베트남 전쟁에서 적군을 사살하듯이 광주 시민을 총칼로 학살했습니다. 부하를 사랑하고 의리가 있고 정의로웠던 사람이 왜 그렇게 흉악한 정치군인이 되었는지 알 수 없군요."

이렇게 꿈속에서 둘의 대화는 계속되고 있었다. 그러나 전두칠에게 광주의 앞뒤 사정을 이야기 하

는 것은 바위에 소리를 질러서 되돌아오는 메아리
에 불과했다.

그리고 꿈속의 대화에서 현실로 돌아왔다.

은철의 머리는 온통 뒤죽박죽이 되어 있었고, 무
엇이 잘못되었는지 도무지 알 수 없는 꿈속의 불행
한 사건들이었다.

그는 다시 꿈속으로 빠져 들어갔다.

"연대장님, 이제 대통령까지 했으니까 광주시민에
게 사죄하세요. 백담사에서 오랫동안 계시면서 인
과응보나 업보 같은 말 많이 들어 봤지요. 불가에
서는 우리네 인생이 끝이 아니며 반드시 사후세계
가 있다고 합니다. 죽음은 육신과 영혼이 분리되면
서 육신은 땅에 묻혀 썩고 영혼은 저승에 가서 새
로운 삶을 사는 것으로 실제로 존재하는 현상이라
고 하며, 이승에서 얼마나 많은 선과 악을 실행했
느냐 하는 결과에 따라 극락세계를 가느냐 악이 득
실거리는 지옥으로 가느냐 하는 것이 결정된다고
합니다."

은철은 꿈속에서 전두칠과 계속 대화를 나누고 있었다.

"연대장님, 인과응보는 문자 그대로 자기가 이 세상에 태어나서 지은 죄를 속죄하고 이승을 하직해야 저승에서 편안하다고 합니다. 부디 광주 시민을 무차별하게 학살한 업보를 말끔히 씻고 저 세상으로 가십시오."

"그럼 광주 시민들 앞에서 돌 맞아 죽으란 말인가?"

"광주 시민은 선량합니다. 자기 죄를 속죄하는 연대장님에게 돌을 던질망정 죽도록 내버려 두지는 않을 것입니다."

"난 잘못이 없는데 별 미친 짓거리를 하라고?"

"광주 시민에게 속죄하고 저 세상으로 가야 눈을 편히 감습니다."

은철이 속죄라는 말을 하자 순간 전두칠은 미간을 찌푸리며 서글픈 표정을 짓는다. 의리를 아는 사람, 그는 방랑시인 김삿갓 노래를 유난히 좋아한다고 했다. 모든 권력을 손아귀에 쥐고 세상을 흔들던 한때를 그리워하며 먼 훗날 '흰 구름 뜬 고개 넘어'로 쓸쓸하게 사라지는 꿈을 꾸고 있는 것은 아닐까. 오직 '술 한 잔에 시 한 수'로 생을 마치면서 김삿갓 노래로 자기의 운명을 자책할 것만 같았다.

악비 앞에 영원히 무릎 꿇은 진회의 참회 역시 현실은 아니었다. 중국 역사상 가장 수치스러운 존재로 남은 진회를 잊지 않기 위해 후세인들은 석상을 세웠다. 소동파가 지상의 천국이라 묘사한 절강성 항주, 그 중에서도 명장(名將) 악비의 무덤이 있는 서호(西湖)는 항주의 상징이 되었다. 그곳에 자리한 상이 항주를 더욱 명소로 만들었다. 여전히 용맹스런 얼굴로 진회를 가소롭다 내려다보는 악비와 머리 조아려 잘못을 사죄하는 진씨 부부의 상(像). 이후 중국인들은 진(秦)이라는 성씨(姓氏)를 한없이 부끄러워하고, 회(檜)라는 이름을 짓는 걸 꺼린다던가.

실로 꿈같은 일이 벌어지고 있다. 자기의 잘못이 전혀 없다고 고집했었는데 어떤 마음의 변화가 생겨서 무릎을 꿇게 되었는지는 모르지만, 생의 마지막을 눈앞에 둔 그로서는 현명한 판단을 한 것으로 보인다.

　그 당시 권력의 맨 상위층에 있었다는 사실과 과오가 있든 없든 도덕적인 책임을 인정하고 광주까지 내려와서 시민에게 사죄의 뜻을 밝힌 것이다. 2020년 5월 18일, 아시아문화전당 분수대 앞, 늙고 추레한 노인이 된 전두칠은 광주시민들 앞에 속죄하는 마음으로 앉아서 눈을 감고 있다. 얼굴은 온통 주름살투성이이고 훌렁 벗겨진 머리는 후줄근해 빛을 잃어가면서 인생의 마지막을 암시하는 것 같았다. 그의 눈에서는 회한의 눈물이 흐르고 있었다. 마음속에서도 눈물이 흐르고 있는 것일까?

　피켓에 쓴 몇 자 사죄로는 부족했던 것일까. 또다시 분노에 찬 광주시민들이 던진 달걀과 돌팔매로 만신창이가 된 전두칠, 광주시민들은 진심 어린 사과 한마디에 그를 너그럽게 용서할 것이다. 5·18이라는 숫자는 너나없이 가슴에 멍울로 남은 그날의 고통을 참느라 어느덧 눈물도 말라버린 슬픈 광주를 닮았던가. 하늘로 쏘아대던 물길도 멈춘 분수대 앞에서 은철은 전두칠, 그를 감싸 안고 있었다.